CW00501464

Fantaisie en mode mineur

Béatrice Montag

Fantaisie en mode mineur

Roman

LE LYS BLEU

ÉDITIONS

© Lys Bleu Éditions – Béatrice Montag

ISBN : 979-10-377-7525-2

Le code de la propriété intellectuelle n'autorisant aux termes des paragraphes 2 et 3 de l'article L.122-5, d'une part, que les copies ou reproductions strictement réservées à l'usage privé du copiste et non destinées à une utilisation collective et, d'autre part, sous réserve du nom de l'auteur et de la source, que les analyses et les courtes citations justifiées par le caractère critique, polémique, pédagogique, scientifique ou d'information, toute représentation ou reproduction intégrale ou partielle, faite sans le consentement de l'auteur ou de ses ayants droit ou ayants cause, est illicite (article L.122-4). Cette représentation ou reproduction, par quelque procédé que ce soit, constituerait donc une contrefaçon sanctionnée par les articles L.335-2 et suivants du Code de la propriété intellectuelle.

Là où les mots s'arrêtent, la musique commence.

H. Heine

Prologue

Trois fois huit mesures de pur bonheur. Les notes flottaient encore dans l'air sur un tendre accord quand j'entendis, derrière moi, la porte grincer. « Encore elle ! » J'avais sans doute dépassé ma petite demi-heure quotidienne de piano de quelques minutes et elle venait me rappeler à l'ordre. Mère Alice, la directrice des études, qui était plus fanatique d'études et d'exercices spirituels que de piano, rôdait, montre en main, avec un acharnement diabolique, autour de ce lieu de plaisir coupable et ne manquait pas une occasion de venir m'en chasser en claironnant : « C'est terminé. Allez travailler et ne vous reposez pas sur vos lauriers ! ».

Je fermai ma partition et me retournai sur mon tabouret et, à ma grande surprise, je vis que ce n'était pas elle. C'était le Père de Lavillé qui était venu nous prêcher une retraite d'une semaine et qui s'était installé, lorsqu'il ne prêchait pas, au parloir au-dessus de cette petite salle de musique souterraine. Grand, le port noble, le regard profond d'un homme de Dieu, il avait beaucoup d'allure et de bonnes manières.

— Veuillez excuser ma curiosité. Je vous ai entendue jouer et je n'ai pas pu m'empêcher d'aller voir qui jouait si bien. Jouez encore. Ne vous arrêtez pas. Je ne vous dérange pas, j'espère ?

— Pas du tout. Vous ne me dérangez pas. J'avais fini, mais si vous voulez, je jouerai encore.

Pour plaire à mon visiteur curieux de m'écouter, je repris ce merveilleux Adagio cantabile de la Pathétique de Beethoven en y mettant toute mon âme et les notes parlèrent comme jamais. Il était conquis. Quand j'allais entamer l'Allegro final, il m'invita, ému, à le suivre.

Le père Bernard de Lavillé était séduisant dans sa soutane noire et toutes les filles étaient folles de lui. Les plus mordues faisaient la queue devant la porte du parloir dans l'espoir de lui arracher quelques minutes d'entretien privé, lui laissant à peine le temps de se restaurer.

À l'étonnement général, et plutôt fière, je doublai la queue, sur les pas du Père, et entrai dans la grande salle vide du parloir qui sentait bon la cire et que d'épais rideaux blancs plongeaient dans une douce pénombre. Le Père m'invita à m'asseoir en face de lui devant la table où étaient disposés ses notes, sa bible, son bréviaire, un stylo et un carnet. Pour quoi faire, ce carnet ? me demandai-je avec une pointe de jalousie. Journal, carnet d'adresses, secrets ? Tout un monde. J'étais intimidée, muette. C'est lui qui entama la conversation, avec un sourire engageant.

— Mon petit, dit-il de but en blanc d'une voix posée, vous devriez composer un opéra.

— Un opéra ? répondis-je étonnée. Mais, mon Père, je n'en suis pas capable.

— Oh ! si. Composer une musique avec une histoire et des paroles, vous devez savoir faire ça.

Un opéra, quelle folie ! L'idée de composer de la musique, et d'autant plus un opéra, ne m'avait jamais effleurée. Pourtant, la musique était ma chose. J'y entrai comme chez moi. Mais elle restait le bien d'un autre, d'un génie comme Beethoven. Je savais l'interpréter. Je n'aurais su l'inventer. Je n'avais pas les outils pour ça, ni la maîtrise des notes. Par contre, les mots, je savais que je saurais les manier pour en faire quelque chose.

— Je pourrais écrire, avançais-je timidement.

Il recula sur sa chaise et m'observa d'un œil pénétrant.

— Pourquoi pas ? Une épopée alors.

Décidément, il passait d'une extravagance à l'autre. Il appuya son menton sur sa main gantée et ajusta son regard.

— Vous avez certainement beaucoup de choses à dire. Je vois en vous une grande force et une véritable fragilité, des traces d'une ancienne blessure. Vous jouez comme un ange, mais vous êtes un ange blessé.

Blessure de guerre. Il ne croyait pas si bien dire en évoquant cette vieille blessure invisible et silencieuse enfouie dans mon cœur et qui transparaissait dans mon jeu. Le père avait tout compris. « Quand vous jouez, on dirait que vos doigts parlent », avait-il ajouté. Ils parlaient en effet. Ils racontaient la triste histoire de l'enfant qui avait vécu l'horrible guerre, avec ses hasards et ses tourments et perdu l'être qui lui avait été le plus cher au monde : sa maman.

Je posais mon regard sur sa main, repliée dans un gant noir. Et je me souvins de l'avoir vu boiter. Il lut dans ma pensée.

— Oui, je suis un invalide de guerre, recueilli par ma congrégation. Je vis chaque jour avec le souvenir de la guerre, mais je ne m'en plains pas car cela me permet, en prêchant des retraites dans des pensions comme celle-ci, de rencontrer des personnes comme vous.

Sur ces mots, il me sourit avec une expression de profonde sympathie. N'étions-nous pas tous les deux tels des compagnons de malheur victimes du même mal ? La guerre. La guerre avec ses ravages perceptibles dans les modulations de mon jeu. Il avait compris la souffrance terrée dans mon âme malgré huit ans de vaine tentative de l'en déloger. Mon passé douloureux qui resurgissait sous mes doigts jouant sur les touches du piano la douce mélodie du Cantabile de Beethoven. Mais au lieu de s'attarder sur ce passé, il me fit entrevoir de nouvelles perspectives avec un sérieux étonnant, des horizons hors d'atteinte du commun des mortels. J'étais à la fois amusée et flattée par ses propos fantasques, et sceptique quant à mes moyens d'y répondre.

Je retournais le voir tous les jours que dura la retraite, attirée par ses grandes vues, son extravagance et sa curiosité. Il voulait tout savoir de moi, mes origines, ce que j'aimais, ma passion pour la musique, le pourquoi des rubans, des gallons et des petites roses que je devais porter comme autant de distinctions sur mon uniforme, et qui le faisaient sourire. J'étais une bonne élève, une enfant sage et je ne pouvais m'en cacher, mais voilà que je découvrais autre chose, un autre système de référence où la sagesse de façade n'entrait pas. Mais la vérité pure, la mystique, l'imaginaire.

J'avais seize ans, un âge plein de promesses. Sans doute plus aux yeux des autres qu'à mes propres yeux. J'ignorais l'image que je projetais, mais de toute évidence, le Père de Lavillé fut emballé par ce qu'il voyait. Il multipliait ses allusions à des femmes illustres, me prêtant l'ardeur d'une Sainte Thérèse d'Ávila, le talent d'une Maria Theresia von Paradis, la grande musicienne amie de Mozart, ou d'une Louise Labé, poétesse de l'amour. Il lisait dans mes vieux rêves de jeter des ponts entre les hommes, de faire entendre ma voix, d'une manière ou d'une autre. Il voyait très loin sur mon chemin. Il voyait grand. Trop grand à mon sens. N'étais-je pas bien dans ma petite existence loin du tumulte des premiers temps de ma vie ? Pourquoi m'encombrer de ces projets grandioses que je n'aurais su mener à bien ?

J'opposais d'abord à ses délires un silence embarrassé. Mais il insista. Sans doute voyait-il toute une histoire – mon histoire – dans l'apaisement du Cantabile, après le début tumultueux de la sonate de Beethoven qui avait éveillé sa curiosité au parloir. Sans doute me voyait-il des capacités que j'ignorais, un passé riche en évènements capables d'alimenter mon esprit de création. Je l'inspirais. Peut-être rêvait-il ? Mais il était si sûr de lui, si convaincu que je finis par lâcher prise et lui ouvris mon cœur.

Non pas pour lui parler de mes possibilités ni de mes ambitions, mais du drame de mon enfance.

Parler tout mon soûl de la guerre que j'avais vécue, de ses hasards, de son injustice et de ses questions. Parler des disparus, des images qui ne cessaient de me hanter, des bruits jamais éteints, du hurlement des sirènes, du roulement des bombardiers dans le ciel, des tirs dans la nuit. Et de ces hommes en uniforme qui étaient entrés dans nos vies, qui avaient occupé nos lits, partagé notre espace et notre pitance ? Étaient-ils gentils ou méchants, bons ou mauvais, ou seulement les instruments du hasard ? Ils n'avaient pas l'air méchants. Ils étaient comme nous, des victimes de la guerre et nous vivions plutôt en bonne entente. Mais ils ont tué. Avec le temps, j'ai réussi à éluder la question des gentils et des méchants, comme d'autres questions sans réponse. Mais je n'ai pas oublié le mal qu'ils ont fait. J'ai pleuré les disparus, mis du baume sur mes plaies mal fermées et qui se sont rouvertes à mesure que je parlais et je fondis en larmes.

Le Père de Lavillé qui m'avait écoutée avec attention remua sur sa chaise. Visiblement touché par mon désarroi, il fit mine de se lever pour venir vers moi. Mais il se ravisa et dit d'une voix altérée :

— Ma chère enfant, je suis vraiment désolé pour vous. J'aimerais, en vous écoutant, vous aider à vider le trop-plein de votre cœur, mais le temps d'une retraite ne suffirait pas. Par contre, je connais un moyen d'en venir à bout : écrivez. Mettez des mots sur votre douleur. Revêtez-la de mots. Les mots ont un pouvoir immense. Ils défient les mauvais souvenirs et ouvrent la porte à l'oubli. Avec l'écriture tout comme avec cette musique que vous jouez si bien, vous trouverez la paix et le bonheur. Promettez-moi d'écrire et ne soyez plus triste.

Alors, il se leva, s'approcha de moi et du pouce de sa main valide, traça le signe de la croix sur mon front en murmurant :

— Que Dieu vous bénisse.

La cloche du dernier dîner de la retraite sonna. L'obscurité tombait sur le parloir. Nous sommes restés un moment sourds à l'appel de la cloche, soudés par le silence de cette heure magique.

Avant de nous séparer, il ouvrit le carnet qui m'avait intriguée depuis le début et me demanda mon adresse. Je vais la noter dans mon carnet, me dit-il d'un air mystérieux, comme si c'était le plus grand secret du monde. Puis, il en arracha une feuille, y griffonna quelques mots de son écriture cassée d'invalide de guerre, plia la feuille en deux et me la tendit. C'est l'adresse de ma congrégation. Vous pourrez toujours m'y joindre.

Ce fut le début d'une belle aventure durant les années où je fis mes premiers pas dans l'écriture, d'un échange fructueux de conseils et d'encouragements de la part du maître, de doutes et de questions de la part de l'élève apprentie écrivain que j'étais.

Le Père de Lavillé a été pour moi le déclencheur d'une expérience inédite de narrateur de choses vécues et un précieux soutien de mon travail de mémoire.

Sans lui, je n'aurais peut-être jamais écrit. J'aurais recouvert mes souvenirs de couches d'oubli comme tant d'autres rescapés de la guerre, inconscients ou fiers d'avoir participé à l'action et qui n'en retenaient que des anecdotes. Quant à moi, j'ai scruté mon triste passé pour essayer de comprendre le drame qui s'y est joué et le surmonter en le révélant au grand jour.

Sitôt la retraite terminée, je me suis rendue à l'économat. J'ai acheté un paquet de cahiers d'écolier à la couverture bleue et me suis mise à les noircir.

I
L 'Alsace défigurée

***

La mémoire est un miroir aux alouettes qui cache ses vérités et ses leurres dans le sable mouvant du temps passé. Restent les bleus à l'âme et le souvenir de quelques éclaircies dans le ciel noir. Mieux vaut alors se tourner vers le ciel.

***

Le changement vint brusquement en cette fin d'été ensoleillée, dans un fracas monstrueux de roulement de chaînes sur la route, sous nos regards ahuris derrière le grand portail de la cour. Avant, c'était l'occupation et la guerre au loin. Après, ce fut la guerre à la porte et l'angoisse dans la maison.

Debout sur une chaise, à la fenêtre du salon, je suis des yeux la déambulation des corbeaux sur le champ de blé, vaste étendue dorée brillant au soleil, qui s'étend de la route jusqu'au terrain de foot toujours vert, points noirs sur fond d'or en marche lente pour glaner dans la terre en friche les grains tombés des épis au passage de la moissonneuse.

Nous habitons dans une grande maison blanche au carrefour de la grand-route reliant Colmar à Mulhouse et de la rue qui mène au village. À gauche, la route file droit vers la ville plate et grise, entourée de voies ferrées et d'usines, à droite, elle mène à la montagne à travers les villages où les oies et les poules courent dans les rues, où les cigognes nichent à la pointe des clochers. Ce côté-là, ce sont les

17

vacances. Sitôt déposés par le car au pied de la montagne, nous entamons la montée vers la ferme, avec nos bagages et les bidons de lait vides pour la cueillette des mûres. La montagne regorge de mûres. Je cours à perdre haleine sur le sentier rocailleux parmi les fougères et les ronces de mes petites jambes infatigables qui seront les premières à se poser dans la cour de la ferme où nous allons passer nos vacances avec maman. Je déteste le goût de la soupe au lait de la fermière et ses tartes aux cerises à l'arrière-goût de cuisine rance, mais j'aime la balançoire sur le pré en pente, les mûres et les fraises des bois. C'est ça les vacances avec maman. La mer, loin derrière le stade, je ne la connais pas. Peut-être la verrai-je un jour quand je serai grande. Pour le moment, je ne connais que ma montagne et… l'Italie.

Papa, qui parle alsacien comme un alsacien, est Italien. L'Italie est son pays. Il nous y emmène chaque année dans sa Six grise. Là-bas, dans son village natal, c'est la fête. Papa est accueilli comme un héros. On l'appelle. On l'invite. On l'admire. On admire ses enfants. On nous exhibe. Papa s'égaie. Nous promène. Me porte sur les épaules. Papa est un autre. Là-bas, heureux de retrouver son pays et sa langue maternelle, il est drôle. Ici, il est fort. Il construit des maisons et des églises et même des barrages en montagne. Il a beaucoup d'ouvriers qui l'appellent « patron » comme si c'était leur père et qui le suivraient jusqu'au bout du monde. Papa est l'homme le plus fort de la terre. Nul ne saurait le contester. La maison qu'il a construite est une forteresse, envahie tôt le matin par une légion d'employés, dactylos, secrétaires, dessinateurs, géomètres, ingénieurs, chargés de contribuer à la bonne marche de l'entreprise générale de construction qu'il a fondée et dont il a confié la gestion à son épouse dévouée : maman. En dehors de ses activités de bureau, assistée de ses employés qui occupent une bonne partie du rez-de-chaussée et qu'elle mène à la baguette, maman n'a de temps pour rien d'autre ni personne hormis mon petit frère Jean qui ne quitte pas ses genoux et mange ses gommes.

Désœuvrée, oisive et solitaire, je grimpe sur une chaise devant la fenêtre du salon et contemple le spectacle des corbeaux dans le champ de blé quand, soudain, la scène se brouille et tel un nuage noir, les corbeaux s'envolent. D'un coup. Comme si on leur avait lancé des pierres... Rien qui vienne du ciel... Alors qu'est-ce qui les fait fuir ? Serait-ce ce bruit qui gronde au loin, du côté des villages où courent les oies et les poules ? On dirait qu'il sort du ventre de la terre. Les vitres tremblent. J'ouvre la fenêtre, me glisse à genoux sur ma chaise et penche la tête en direction du bruit qui se rapproche. Une grosse bête verdâtre munie d'une antenne avance sur la route, suivie de toute une troupe de ces mêmes bêtes monstrueuses, munies d'antennes et roulant sur des chaînes en faisant un boucan de tous les diables. Elles sont là maintenant qui passent devant mes yeux. Des hommes casqués en uniforme gris émergent de leur œil unique derrière les antennes menaçantes. J'ai peur. Je tremble de peur. Toute la maison tremble. Je dégringole de ma chaise et cours à la cuisine me jeter dans les bras de ma grand-mère alertée, elle aussi, par le bruit et les tremblements et qui, ayant frotté ses mains à son tablier, me serre contre elle et me dit : « Viens, Lila, allons voir ce qui se passe ».

Les portes du rez-de-chaussée sont grandes ouvertes. Toute la maison est dehors dans la cour, derrière le portail, à regarder les chars passer : maman avec mon petit frère Jean suspendu à son cou, le trio de dactylos, Denise, Solange et Cricri, Lucie la secrétaire, Simon le géomètre et son assistant Jérôme, et même l'imperturbable Henri l'ingénieur. Grand-mère et moi-même accrochée à ses jupes, Marisa et la pauvre Santina, la fille au pair, morte de trouille. Tous agglutinés au portail, muets d'étonnement. Seule grand-mère donne de la voix pour couvrir le vacarme des chars : « Les boches ! Encore eux. Ils viennent en renfort occuper les casernes de la ville. Demain, c'est la guerre. Je savais que l'occupation ne pouvait pas durer. Ils vont se faire jeter dehors. C'est moi qui vous le dis. » Personne n'ose répondre à tant d'ardeur. Tête baissée, les spectateurs improvisés rentrent dans la maison. On entend quelques commentaires. Il paraît qu'un corps d'armée français remonte le Rhône. « Quand il arrivera à nos portes, ça fera mal, mais il est temps qu'on les vire, ces sales boches. »

Les boches, les Allemands, c'est pareil. On parle d'eux entre les dents. On ne les aime pas. Pourtant, il a bien fallu leur faire une place dans le paysage, après leur premier passage sur cette route. À bicyclette. Je m'en souviens vaguement. Je devais avoir trois ans, je jouais avec les feuilles mortes que le platane planté au bord de la route secouait sur le jardin quand, soudain, un bruit semblable au bourdonnement d'un essaim d'abeilles emplit l'air. Santina, la fille qui me surveillait, s'éclipsa et revint aussitôt accompagnée de grand-mère et de maman. « Les boches, avait dit grand-mère. Je les reconnais de la dernière guerre. Cela ne promet rien de bon. » Qu'allaient-ils faire en ville ? Que nous voulaient-ils ? Nous le saurons bientôt, quand les changements se succéderont dans notre quotidien.

Le souvenir de cette scène traîne en filigrane dans ma mémoire. Je ne me souviens pas d'avoir eu peur. Je me souviens seulement de la perplexité de maman et de grand-mère devant l'étrange apparition de ces soldats en uniforme gris. Que signifiait cette parade ?

La réponse vint plus tard, quand je sortis des brumes de ma petite enfance et que je partis l'esprit en éveil à la découverte du monde environnant. Et ce que je trouvai me déconcerta. Je ne rencontrai que des surprises, une nouvelle langue, de nouveaux chants, des attitudes et des gestes inédits, des silences et des mystères, loin de ce que j'avais pu imaginer dans ma naïveté enfantine, loin de la sérénité que j'avais connue alors. Le monde que je découvris les yeux grand ouverts, avec les nouveautés qu'il comportait et qu'il fallait accepter sans broncher sous peine de sanctions, était un monde cruel et dur auquel je ne comprenais rien. Ignorant les circonstances qui motivaient ces changements, j'y jetais un regard innocent et les trouvais irréels comme si j'avais atterri sur une autre planète. Cependant, aux réactions de mon entourage, aux conversations que je surprenais autour de moi je fus bientôt en mesure de comprendre la raison qui était à l'origine de ce bouleversement et cette raison avait un nom : occupation. Nous étions occupés par une force étrangère qui nous imposait ses volontés. Occupés. Mais que signifiait ce mot : occupés ?

***

Si le passage des chars fut un choc pour tous, car c'était un signe avant-coureur d'une guerre imminente, celui des cyclistes qui glissèrent sans bruit dans notre existence n'eut pas le même effet. Nous n'avions rien à craindre. Nous étions encore optimistes et ne voyions que du feu dans la balade des soldats. Pourtant, elle était significative, car sans crier gare, Hitler, le maître absolu de l'Allemagne voisine, avait annexé l'Alsace et pour marquer le coup, prendre possession de la terre annexée et l'occuper, il avait envoyé ses soldats en vrais faux amis. Ils ne nous en voulaient pas. Ils nous voulaient tout simplement. Sans doute, l'occupation de l'Alsace par les forces allemandes ne présentait-elle pas de danger immédiat. Elle était enrobée d'une foule de motivations apparemment justifiées, de nature physique, politique et culturelle, liées à une histoire en chassé-croisé entre la France et l'Allemagne. C'était au tour de l'Allemagne de prendre la main. Les personnes d'un certain âge, comme grand-mère et même papa, se souvenaient de l'époque où ils étaient Allemands et allaient à l'école du IIème Reich, jusqu'à ce qu'éclate la Grande Guerre qui mit fin aux prétentions allemandes sur cette province en la rendant à la France. Cependant, allemande ou française, l'Alsace a toujours été parcourue par un sous-courant germanique lié au dialecte parlé par la majorité de ses citoyens. Aussi, de prime abord, l'interdiction du français dès le premier jour de l'occupation et l'imposition du Hochdeutsch, le haut allemand ou allemand standard parlé dans l'ensemble de l'espace germanique ne furent-elles pas un drame mais un signe indiquant que l'Alsace était à nouveau annexée à l'Allemagne sans autre forme de procès.

L'alsacien était la langue du pays. Celle qui a caressé mes oreilles de nourrisson à la clinique où je suis née et qui m'a suivie dans ce monde. Toutes les scènes de ma vie d'enfant se sont passées en alsacien. Bien sûr, à la maison, il y avait un bruit de fond italien et français, mais l'alsacien le couvrait. Par contre, l'allemand n'était pas d'actualité. Nous étions capables de le comprendre, mais incapables de le parler. Passer des déformations du dialecte à la rigueur de la langue d'origine était une gageure et rendait nos tentatives ridicules.

Quand papa est arrivé d'Italie avec ses parents, il a appris l'alsacien dans la rue. Il a commencé ses classes en allemand, puisqu'à cette époque, l'Alsace était allemande, et les a terminées en français, lorsqu'elle est devenue française. Maintenant, il parle aussi bien le français que l'allemand, et cela lui rend bien service, tout en restant attaché à ce vieux dialecte germanique dans lequel il se sent à l'aise comme un poisson dans l'eau, parce qu'il le trouve savoureux, avec ses gros mots, ses insultes et ses dictons. Et tant pis pour le qu'en-dira-t-on.

Nous parlions donc l'alsacien à la maison. Avant les Allemands, le français était réservé à l'école et aux messes basses des adultes, l'italien aux grandes occasions – visiteurs, réunions, vacances en Italie – ainsi qu'à la repasseuse, aux filles au pair et, dehors, aux ouvriers, qui ne parlaient d'ailleurs pas le pur italien, mais tous les dialectes de leur pays. Papa jonglait en virtuose avec le bergamasque et le napolitain, le bolognais et le frioulan, le piémontais et le sicilien, sans compter le milanais et le *varesot*', son patois natal.

À l'origine, maman n'était pas plus alsacienne que papa. Elle est née et a grandi en Lorraine où son père avait un emploi dans l'administration et lorsque, après une brillante scolarité élémentaire en français, elle devait entrer au collège, son père a décidé de retourner en Alsace, dans la ferme familiale d'Ebersheim (Averscha en alsacien) située dans le Bas-Rhin au cœur de l'Alsace. Alors, elle a mis le français de côté et appris l'alsacien, sans études, enterrant du même coup ses ambitions scolaires.

Aujourd'hui, à la ferme de ses parents, on parle tantôt le français, en baissant la voix, tantôt l'alsacien, ou un mélange des deux, selon que ceux qui s'y trouvent ont respiré l'air du dehors, fait des études et une *carrière*. Sur le buffet de la salle à manger, on voit des photos de soldats, grand-père, droit comme un i en tenue de cavalier, l'oncle Justin, les épaules couvertes de galons, grand-mère, la mère de maman, les cheveux relevés en une savante coiffure, dans une superbe robe de dentelle noire, un ruban orné d'un camée autour du cou, tante Élise en tenue d'infirmière, en pleine brousse, oncle Albert en robe de magistrat. Il y a ceux qui traient les vaches et récoltent le tabac suspendu en bouquets au bord du toit des granges et ceux qui fréquentent la haute société, mais chacun est satisfait de son sort.

Les réunions de famille sont pleines de gaieté et de bonnes manières. L'oncle abbé nous chante des comptines en français, en dépit des interdictions, et s'occupe de notre éducation. *Savez-vous ce qu'il y a un, savez-vous ce qu'il y a un ? Il n'y a qu'un Dieu qui règne dans les cieux. Il n'y a qu'une dent dans la mâchoire de Jean.* Leçon deux : *Savez-vous ce qu'il y a deux ? Savez-vous ce qu'il y a deux ? Il y a deux testaments, l'ancien et le nouveau,* et on répète : *Il n'y a qu'un Dieu qui règne dans les cieux. Il n'y a qu'une dent dans la mâchoire de Jean.* Leçon trois : *Savez-vous ce qu'il y a trois ? Savez-vous ce qu'il y a trois ?* J'ai oublié, mais ce doit être la Sainte Trinité. Il faisait ainsi d'une pierre deux coups : nous apprendre le français et nous instiller quelques notions de catéchisme. Grand, beau et élégant, à la sortie du séminaire, il avait été envoyé comme précepteur dans une famille distinguée de la France de l'intérieur et en était revenu avec un certain vernis, auréolé d'un accent raffiné dont il fit profiter son parler alsacien qui avait d'ailleurs l'avantage d'être à la fois plus chantant, plus doux et plus fluide, plus « civilisé » en un mot, que celui du sud. À son contact, maman retrouvait spontanément cet accent caractéristique des gens du nord qui faisait rire nos esprits carrés proches de celui du voyou mulhousien du sud. L'oncle abbé était de toutes nos fêtes et de toutes les décisions nous concernant.

Malgré son apparente bougeotte, rien de plus stable que ce nid familial. Tels des oiseaux migrateurs, les membres s'en vont et reviennent tout naturellement. Dans les rues du village, on se salue, on papote. Tous se connaissent jusqu'à plusieurs générations en arrière. On a les pieds ancrés au sol. Ça sent la permanence, la tradition, la religion, filtrées par l'odeur des étables.

Maman, arrivée dans la région avec ses parents, futurs restaurateurs, fabriquait des chemises sur mesure et tenait une boutique rue du Sauvage, la rue principale de Mulhouse, rebaptisée, dès le début de l'occupation, Hitlerstrasse. Dieu sait pourquoi ! C'est en venant acheter une de ses chemises à la mode que papa est tombé amoureux d'elle. Fou amoureux. Son joli sourire. Son regard coquin. Ses yeux bleus rieurs comme un ciel de printemps, ses boucles blondes coupées court pour obéir à la mode de la coupe au carré, qui faisait ressortir la finesse des traits de son visage et ce corps de liane moulé dans un tailleur crème garni d'une petite fourrure de renard argenté gracieusement posée sur les épaules, ses bottines dernier cri révélant des chevilles fines et des jambes de rêve. Elle était sublime.

— Bonjour, Monsieur d'Amico.

Comment ? Elle le connaissait donc ?

— Monsieur d'Amico, vous désirez ?

Il ne savait plus ce qu'il voulait :

— Ah, oui. Je voudrais une chemise.

Cela paraissait évident. Elle rit. Puis, avec un sourire engageant :

— Voulez-vous que je vous aide, Monsieur d'Amico ? Quelle est votre taille ?

Un blanc. Il ne se souvenait plus de sa taille. Il avait des chemises en pagaille dans son armoire, mais il ne se souvenait plus de sa taille. En fait, il ne s'en était jamais soucié.

— Voyons voir, dit-elle d'une voix suave.

Elle s'approcha de lui avec son mètre ruban et le pria de retirer sa veste. Puis, elle lui prit son tour de cou et sa carrure, la longueur de

24

ses bras et sa hauteur jusqu'au bas des hanches. Tout l'homme, ou presque. Elle avait des mains de fée, douces et légères, des gestes d'experte prodigués comme autant de caresses et un parfum... envoûtant. Malgré lui, une vague de plaisir l'envahit. Il était transporté. Il se sentait divinement bien entre ces mains magiques. Il savourait chaque instant. Que lui importait maintenant la coupe et la couleur de sa chemise. Il choisit la plus simple, blanche comme toutes celles qu'il avait déjà dans son armoire, mais, bien sûr, en beaucoup mieux.

— Voilà qui est fait, vous pouvez remettre votre veste, dit-elle en s'éloignant de lui, visiblement troublée par l'émotion qu'elle avait suscitée et sans doute aussi par le physique du beau gaillard qu'elle avait devant ses yeux.

— Vous êtes pressé, Monsieur d'Amico ?

— Oui, certainement.

— Une semaine, ça vous va ?

— Une semaine, c'est un peu long, mais faites au mieux, Mademoiselle. Je repasserai peut-être avant. À bientôt, dit-il en prenant congé d'elle.

— À bientôt, Monsieur d'Amico, lui répondit-elle tout étourdie.

Il repassa, en effet, bien avant une semaine, non pas pour chercher sa commande, mais pour lui faire la cour – maman aimait raconter qu'après leur première rencontre il avait parié avec ses amis que dans moins de six mois elle serait sa femme –, vite suivie d'une demande en mariage, sans lui cacher qu'il était veuf avec quatre enfants en bas âge. Mais comment aurait-il pu le lui cacher ? Tout le monde connaissait Vittorio d'Amico, l'entrepreneur, ex-champion d'Alsace de cyclisme. Maman ne fut pas longue à convaincre. Il était si convaincant. Elle aimait son allure, son assurance, son intelligence, la force qu'il dégageait. Jeune et insouciante – elle avait à peine vingt ans – et trop heureuse de devenir Madame d'Amico, elle lui dit oui, oh ! oui, malgré la charge qui l'attendait. Ils se sont mariés deux mois plus tard, par une belle journée de mai, loin du monde, dans une chapelle en montagne. La messe célébrée par un moine était accompagnée du chant des cascades.

La suite fut rapide comme l'éclair. Sans avoir eu le temps de me désirer, maman tomba enceinte. Prématurée ou conçue dans un élan d'amour avant les noces, j'arrivai aux premiers frimas, petit être fragile, avec une bonne longueur d'avance sur le calendrier. Papa me prit aussitôt sous son aile. *Elle a froid, la pauvre enfant,* devait-il dire à sa femme en me prenant dans mon berceau pour me déposer dans la chaleur du nid conjugal. *Fais-lui donc une petite place.* Ainsi s'instaura l'habitude que je passe mes nuits entre mes deux parents, entre maman, frustrée d'être privée des caresses de son mari, et papa, mon sauveur. Et pendant que je souriais aux anges, maman se morfondait, se forçant à croire que tout était bien ainsi et que sa vie de femme ne serait désormais plus qu'obligations de mère.

Qu'étais-je par rapport aux quatre qu'elle avait reçus en cadeau de mariage ? La cinq, rien que la cinq et non pas la une de ses désirs d'enfant. Celle qu'il fallait laver, nourrir, surveiller, de peur qu'elle n'arrête de respirer. Elle racontait que Jacques, le seul garçon de la fratrie jusqu'à l'arrivée de Jean, passait des heures à côté de mon berceau à m'admirer car, pour lui, j'étais la septième merveille du monde. Pour papa, j'étais un objet précieux qui méritait toute son attention. Et pour elle, qu'étais-je ? Une erreur, un accident, une désillusion ?

Les souvenirs des premiers jours de ma vie capables de me rassurer sur les sentiments de maman m'échappent. Ils sont noyés dans la mare de mon inconscient. Aussi, quand je pris un peu d'assurance, l'ai-je interrogée avec prudence sur mes débuts sur terre. Mais je n'ai rien obtenu d'elle que des banalités, comme les douleurs et la lenteur de l'accouchement, ma petite taille à l'arrivée, ma gloutonnerie, mes premières chaussures qu'il avait fallu faire fabriquer sur mesure en Italie parce qu'il n'y en avait pas à ma pointure sur le marché français et je ne sais quoi encore, mais rien de ce que j'attendais.

26

Déçue, je me suis tournée vers ma mémoire. Dis-moi, lui ai-je dit, qu'as-tu retenu de ce temps-là ? Allez, raconte. Et elle m'a répondu froidement : rien.

— Comment ça, rien ? N'as-tu pas entendu des mots d'amour comme « mon bébé adoré, mon trésor, ma petite fille chérie, je t'aime, je t'aime, je t'aime », des chansons douces comme les chantent les mamans ?

— Non, rien, désolée. Demande à ta mère. Nouvelle déception. Refusant de croire cette insolente de mémoire, je me suis mise en tête de l'explorer.

Explorer la mémoire est à la fois simple et compliqué, car la mémoire a ses astuces et ses leurres. Elle se débine facilement. On s'assied, on ne pense à rien, on se concentre, on suit le fil qu'elle nous tend et qui se déroule, se déroule pour former un continent familier, avec notre passé et nos souvenirs plus ou moins bien ordonnés. D'abord, la broussaille des souvenirs ordinaires récurrents qui, mis ensemble, créent des habitudes très utiles pour bien nous comporter dans la société de nos semblables. Derrière cette broussaille, une forêt de souvenirs pointus communs à tous les hommes, grands évènements publics, fêtes, cérémonies, prières ou chants. Puis la jungle des souvenirs personnels noyés dans la brume du temps qui font de nous ce que nous sommes – moi, Lila, et pas une autre – d'où se détachent des fragments d'existence, des émotions et des sentiments vécus, les images d'un lieu ou d'un voyage, un visage inconnu ou familier, des souvenirs endormis qui se réveillent à l'appel, avec le nom d'une vieille relation, les mots d'une chanson qu'on croyait avoir oubliée et qui revient comme par enchantement, des réminiscences de quelques moments heureux, de vieilles peurs aussi, tout un tissage de choses vécues qui peuvent resurgir un jour ou l'autre sous d'autres formes ou dans d'autres circonstances, comme dans la musique que je fais de mes dix doigts sur le clavier du piano ou dans un dessin. Ces souvenirs donnent couleur à ma vie. Ce sont mes biens secrets, les éléments avec lesquels je façonne mon monde sur ma terre vierge. Enfin, la grande fosse de l'oubli sans souvenirs de vécu dont il ne reste qu'un vague sentiment de bien-être, des bribes d'images brillant comme des lumignons dans la nuit, des sons diffus remplissant l'espace d'un léger fond sonore comme la douce musique d'une vie naissante. Et pour finir, le noir total, dernière étape de mon voyage dans le temps dont il ne reste que les bruits d'anciens évènements inscrits dans la mémoire des autres, où je dois céder aux anecdotes maintes fois reprises par les témoins des faits marquants de mon passé : ma première dent, mon premier mot, mes premiers pas, mes incursions nocturnes dans le lit de mes parents, mes glouglous quand je tétais, ma grève de la faim quand, à deux ans, j'ai dû arrêter de téter, car maman refusa de continuer à me donner le sein. Vite chez le pédiatre avant que je ne dépérisse ! Ne vous inquiétez pas, Madame, lui avait objecté ce dernier, chez les Zoulous, les enfants tètent jusqu'à six ans. Mais quant à vous, il n'est pas trop tôt d'arrêter de donner le sein au vôtre. Votre fille mangera toute seule quand elle aura vraiment faim. Ce fut grand-mère qui trouva la solution en me préparant amoureusement à la cuisine mes tartines au beurre, mes petites purées, mes bananes écrasées et ma tasse de lait chaud et réussit ainsi à contourner l'obstacle du biberon avec sa tétine en caoutchouc qui devait remplacer le doux mamelon du sein de maman.

Cette étape qui de souvenirs n'avait que ceux des autres fut suivie d'une rupture brutale de mon intimité avec mes parents qui m'ont mise à la porte de leur chambre et larguée dans un petit lit installé dans celle de ma grande sœur Marie, chargée de me surveiller, m'empêcher de me lever en pleine nuit pour aller jouer au trouble-fête dans le lit de mes parents, me consoler quand je faisais des cauchemars et, si la situation empirait et qu'elle n'arrivait pas à bout de mes cris et de mes pleurs, appeler grand-mère qui, elle, ne dormait jamais. Grand-mère venait alors à la rescousse avec une tisane et des trucs de grand-mère et s'asseyait à mon chevet jusqu'à ce que je me rendorme.

Je passais alors mes journées sous la bonne garde de Santina, une fille au pair italienne qui me tenait en laisse et suivait chacun de mes pas. Heureusement pour moi, Santina ne dura pas longtemps car aux premiers bruits de guerre, elle rentra dare-dare au Frioul, chez les siens, parce qu'elle avait une peur bleue des sirènes. Libre de mes mouvements, j'avais alors tout loisir de me rendre à la cuisine m'installer avec mes crayons de couleur, mes aquarelles et des feuilles de papier blanc à la grande table où grand-mère avait l'habitude d'éplucher ses légumes et ses pommes de terre et me mettre à l'ouvrage. Je peignais des paysages imaginaires en mariant le vert des prés au bleu des cieux nimbés d'or, le noir des forêts au rouge des couchers de soleil et les peuplais d'êtres familiers. Je me créais ainsi un monde bien à moi pour m'évader, rêver et oublier le monde hostile dans lequel nous avions été plongés subitement et que maman combattait au bureau en véritable guerrière, entourée de ses employés, témoins silencieux de ses vociférations téléphoniques dans cette langue sèche et dure imposée aux Alsaciens par l'occupant : le Hochdeutsch d'Adolf Hitler.

Ça sentait la violence derrière les portes fermées du bureau.

En face, à la cuisine, régnait la paix des anges sous l'égide de ma grand-mère. J'allais m'y réfugier et recréer le monde, bercée par son doux chant, car tout en vaquant à ses activités domestiques, grand-mère chantait d'une voix suave et douce des chansons du bon vieux temps, jadis dans le vent ou apprises à l'école du IIème Reich dans cette même langue germanique, mais plus douce et plus mélodieuse alors. *In meinem Stübchen*, disait ma préférée, *da bläst der hum a hum, in meinem Stübchen da bläst der Wind* (dans ma petite chambre, souffle le houm a houm, dans ma petite chambre souffle le vent). *Ich muss erfrieren, mit meinem hum a hum, ich muss erfrieren mit meinem Kind* (je dois mourir de froid avec mon houm a houm, je dois mourir de froid, avec mon enfant).

Nostalgie et douce tristesse faisaient écho à la brutalité du quotidien. Pendant que maman, toujours occupée au bureau, prenait vigoureusement la situation en main, j'allais seule à bord de mon petit esquif vers le monde nouveau en voguant à rebours dans les eaux calmes de ma grand-mère.

***

Grand-mère. Un mot magique. Grand-mère Omo, nom dérivé de l'allemand Oma, sans qui ma galerie de portraits de famille ne serait pas complète mérite sa place ici. Omo, un des piliers de la maison, ou pour mieux dire, le centre de gravité autour duquel gravitait toute la maison, était notre seule et unique grand-mère, la mère de la défunte maman des quatre premiers enfants. Les autres étaient au ciel et je ne les ai jamais connues. Celle-ci était notre seule grand-mère sur terre.

Omo est née à Pont-de-Roide et elle est fière de ses origines françaises, mais n'en parle jamais et ne se trahit que par sa façon de se taire, le regard tourné vers un lointain ailleurs. Sérieuse comme une papesse et digne comme une reine, elle parle l'alsacien comme une Alsacienne et le français en secret.

Omo en robe noire et tablier noir à petites fleurs blanches règne sur sa cuisine et n'en sort jamais, sauf pour nourrir les poules et les lapins et remplir la gamelle du chien. Tout au plus, se hasarde-t-elle jusqu'à la grille du jardin quand passent le facteur, le ramasseur de peaux de lapin, le rémouleur ou le garde champêtre avec sa cloche annonçant un arrivage de morues ou de harengs frais.

Pendant qu'elle glisse en chaussons sur le carrelage lustré, de l'évier à la cuisinière ou d'un endroit à un autre, je m'installe en silence au bout de la grande table pour dessiner. Ce sont des visites sans paroles. Omo ne cesse pas de chanter, fait mine de rien, mais elle a compris que j'étais là et cela suffit. Parfois, elle soulève le couvercle de la marmite où mijote le rôti de midi, trempe du pain dans la sauce et me le tend, sans un mot mais avec amour, le plus naturellement du monde. Omo n'est pas bavarde et ne rit jamais. Mais elle est si douce et si bonne. Quel est donc son secret pour être toujours aussi douce et bonne ? Est-ce le souvenir d'un ancien bonheur qui ne la quitte pas ? Ou le plaisir d'être chez nous ? Ou bien encore un besoin de discrétion ?

Pourquoi grand-mère qui sait tout ce qui se passe à l'intérieur comme à l'extérieur de la maison, qui capte le moindre bruit, le moindre mot, le moindre geste est-elle aussi discrète ? Quels secrets cache-t-elle ?

Elle ne sort vraiment, ce qu'on appelle sortir, qu'une fois par an, à la Toussaint, pour fleurir la tombe de son mari. Elle quitte alors ses chaussons, son tablier et sa robe de tous les jours, enfile ses bottines et sa robe de deuil, noue un foulard de soie blanche autour du cou, sort de l'armoire son manteau noir, imprégné d'odeur de lavande et de naphtaline, et le sac dans lequel elle range sa pension de veuve, puis m'installe dans la poussette et en avant, par les bois jusqu'aux abords de la ville où repose le grand-père inconnu, au cimetière des citadins. C'est ainsi chaque année depuis ma plus tendre enfance, pour autant que je m'en souvienne, mais bientôt, dans la poussette, il y aura mon petit frère Jean et moi je trottinerai à côté en m'agrippant au guidon.

Une halte devant le marchand de chrysanthèmes, puis la tombe. Nous courons d'une allée à l'autre pour la retrouver. C'est ici. Non c'est là. Ah oui ! Je me souviens maintenant, c'est la troisième après l'allée centrale en tournant à droite. Effectivement, grand-père repose là, dans cette allée à droite, parmi d'autres tombes semblables et nous attend pour le rendez-vous annuel. *Omo, comment s'appelait ton mari ?* demandai-je à grand-mère, ne sachant pas lire le nom inscrit sous la photo fixée en médaillon sur la croix, celle d'un bel homme à la moustache et aux cheveux noirs. – *Il s'appelait Georges – Pourquoi il est mort ?* Toujours les mêmes questions. Pourquoi ce grand-père est-il mort ? Pourquoi ne l'ai-je pas connu ? – *Il était malade. – Quelle maladie il avait ?* Grand-mère n'écoute plus. C'est sa manière d'éviter les questions qui la dérangent. Elle arrange les fleurs sur la tombe. Puis nous repartons, elle, avec l'air de revenir d'un rendez-vous d'amoureux et moi, les pieds gelés, réclamant un cornet de marrons chauds, heureuse d'avoir fait quelques pas de plus dans les secrets de la vie de grand-mère. Secrets que j'ai toujours été convaincue qu'elle ne partageait qu'avec moi. J'étais fière de l'honneur qu'elle me faisait de l'accompagner à ces rendez-vous annuels avec son mari Georges, mort depuis bien longtemps.

Grand-père Georges, le grand-père inconnu, malgré tout très présent dans la vie cachée de grand-mère était plus qu'un nom pour moi. Il était au cimetière. Mais il était également le père de trois enfants. L'un ou plutôt l'une d'eux est la femme dont le portrait est accroché au mur du salon. Très présente, elle aussi, autrement que maman, mais là, qui vous regarde dans son cadre doré et qui, dans un sens, n'a pas quitté sa place. Pauvre femme, toujours enceinte, qui n'a pas survécu à sa cinquième grossesse ! C'est avec elle que grand-mère, déjà veuve, est entrée dans la maison.

Omo vouvoie maman, car maman n'est pas sa fille. Mais elle l'aime comme si elle l'était. Quant à moi, je ne pourrais rêver meilleure grand-mère qu'elle.

Dans sa cuisine, Omo chante des chansons du temps où les enfants, vêtus de robes longues, apprenaient l'allemand à l'école, avant que ce ne fût le tour du français, la langue qu'a apprise maman. *In meinem Stübchen, da bläst der hum a hum, in meinem Stübchen, da bläst der Wind.*

Cette chanson m'emporte dans un vieux monde où j'imagine ma grand-mère en pauvresse, robe noire descendant jusqu'aux pieds chaussés de sabots, telle que je la vois aujourd'hui, toujours en robe noire, mais chaussée de chaussons, à la seule différence que ses cheveux rares et gris ramassés en chignon au sommet de la tête par une multitude d'épingles, ne sont plus ceux d'une jeune fille. Quel âge a grand-mère ? Dieu seul le sait car pour défier le temps elle ne change plus d'âge depuis longtemps. Elle a toujours soixante ans mais à chaque fois qu'on lui pose la question sur son âge, elle parle de l'année prochaine quand elle ne sera plus là.

J'ai tout faux. Omo n'a jamais été une pauvresse. Quand elle me parle de sa ville natale, Pont-de-Roide, elle a quelque chose dans son regard qui en dit long. Pont-de-Roide, ça sonne bien et ça fait chic. Elle est née dans un berceau doré. Ses premiers mots, elle les a prononcés en français, avec sa nounou. À cette époque, elle s'appelait Rosalie, un nom qui lui allait si bien mais qu'elle a troqué contre celui d'Omo lorsqu'elle est devenue grand-mère.

Son père était un inventeur connu pour ses travaux exceptionnels dans une petite entreprise privée. L'usine de filature et tissage Dollfus Mieg et Compagnie sise à Mulhouse-Dornach avait besoin de lui. Attiré par la rémunération qu'on lui proposait, il avait quitté sa ville et sa petite entreprise pour venir s'installer avec sa famille au plus près de l'usine dans une maison cossue égarée au milieu des masures remplies de familles d'ouvriers dont les enfants couraient tôt le matin dans les rues pour se rendre au travail et rentraient tard le soir fatigués en échangeant comme de petits vieux quelques mots en yiddish.

— Le yiddish, c'est quoi, Omo ?

— C'est la langue des juifs.

— Ton papa était juif, lui aussi ?

— Oui, effectivement, mon papa était juif, ce qui ne veut pas dire pauvre. Pas comme ces malheureux qui avaient à peine de quoi manger et travaillaient dur. Nous sommes allés à Dornach à cause de la proximité avec l'usine et parce que non loin de là il y avait une synagogue.

— C'est quoi une synagogue ? lui ai-je demandé, inlassable.

— C'est l'église des juifs.

— Ah ! Il y a donc plusieurs églises ?

— Eh ! Oui, tu comprendras quand tu seras grande.

Durant les années où elle a vécu à Dornach avec ses parents, tout en continuant à parler le français à la maison, elle a appris l'allemand à l'école, l'école du IIème Reich, car l'Alsace appartenait alors à l'Allemagne, et un peu de yiddish dans la rue et à la synagogue. Elle avait à peine dix-huit ans quand Georges qui travaillait dans la même usine que son père est entré dans sa vie. Bien élevé, grand et beau, il avait tout pour plaire, mais ses parents n'ont pas voulu de lui parce qu'il n'allait pas à la synagogue. Ils s'opposèrent formellement à leur mariage. Pourtant, l'un et l'autre étaient si amoureux ! Ils se sont donc mariés en secret, à l'insu des parents, et sont allés vivre leur amour en ville, « en totale rupture avec mes origines » dit grand-mère, dans un petit logis discret où ils ont eu trois enfants. Grand-mère ne quitta plus ce lieu, même après la mort prématurée de Georges, jusqu'au mariage de sa fille, Jeanne, avec papa qui la prit auprès d'eux.

Suit un grand silence appuyé par un regard vague perdu dans les plis du souvenir de cette rupture qui, finit-elle par avouer, l'a sauvée récemment d'un voyage sans retour auquel n'ont pas pu échapper ses parents, malgré leur grand âge. Ils ont été arrachés à leur domicile par un groupe d'Allemands déchaînés qui les ont conduits vers une destination inconnue d'où ils ne sont toujours pas revenus. Pendant qu'elle vivait avec Georges et jusqu'à son arrivée dans la maison, elle était restée cloîtrée dans le petit appartement en ville, ignorée du reste du monde.

Aujourd'hui, Omo comble ses silences avec ses vieilles chansons. Elle garde ses secrets au fond du cœur. Elle ne les dévoile à personne à part moi, je crois, à cause de mes questions naïves et incessantes. C'est ainsi que j'ai pu créer un portrait d'elle, une œuvre bien à moi, avec ses bribes de confidences mises bout à bout comme j'écris ces mémoires jour après jour dans mon cahier bleu.

***

J'entends ses semelles de crêpe crisser sur le parquet. Elle se dirige vers moi. Absorbée par mon travail, j'ai oublié l'heure où, ayant achevé la lecture de son bréviaire, elle remonte ses lunettes de myope tenues en équilibre au bout du nez pour jeter un coup d'œil sur la classe. Et ça n'a pas raté. Elle a vu le couvercle de mon pupitre levé, et après quelques « hem » infructueux, elle est descendue de son estrade.

Elle vient enquêter. Elle approche. Vite, je fourre mon cahier sous mes livres et fais semblant de dormir. Debout depuis six heures du matin, la journée a été longue et l'étude du soir est une épreuve. Je tiens difficilement jusqu'à la sonnerie de dix heures. Je lutte contre le sommeil et parfois je m'endors sur mes devoirs sous la lumière blanche des néons. Elle ne saisira pas ma ruse en me trouvant la tête enfouie dans mon pupitre et, comme d'habitude, elle me tapera sur l'épaule et me fera des signes des mains et des yeux pour me dire, sans rompre le grand silence d'usage dans sa congrégation, « mon petit, allez vous coucher ». Je ne demande pas mieux et accepte avec plaisir l'ordre de monter au dortoir. De toute façon, j'ai fini mon travail. Mon histoire a avancé.

Ce qu'ignore notre surveillante, c'est que pendant qu'elle lit son bréviaire, j'écris tous les soirs dans mon cahier bleu une page de ma petite histoire pour apporter ma contribution au devoir de mémoire de la Grande Histoire de la Seconde Guerre mondiale.

Ma famille vivait dans cette région cible lorgnée par les Allemands qui, après plus de vingt ans d'appartenance à la France, suite à la

35

guerre de 14, voulaient la récupérer, non pas en négociant mais en imposant brusquement leur présence avec une troupe de soldats à bicyclette en apparence inoffensifs, mais en apparence seulement, car derrière eux il y avait un fou dangereux, assoiffé de pouvoir, mû par une volonté de puissance inouïe et qui exigeait une adhésion totale à sa volonté, à son esprit et à son parti : le national-socialisme ou, en d'autres termes, le parti nazi.

L'arrivée des soldats visant à l'annexion pure et simple de l'Alsace au grand Vaterland d'Allemagne prit d'emblée la forme d'une occupation militaire intransigeante créant un climat de tension sournoise parmi les Alsaciens mis devant le fait accompli et obligés de choisir entre la soumission et la lutte. C'est dans ce climat trouble que j'ai grandi.

L'Alsace changea en un instant de visage. Elle perdit son sourire et sa légèreté. Elle devait s'aligner, se défendre, feindre, jouer le jeu de l'occupant sous peine de représailles sévères tout en acceptant le risque d'une guerre inévitable.

Contrairement à mes camarades de classe dont les parents ont voulu éviter le pire en fuyant à l'« intérieur » en France francophone, moi, fille d'émigrés italiens, parlant alsacien, demeurée sur place sans doute pour de bonnes raisons, telle la survie de l'entreprise familiale, j'ai été mêlée aux évènements que je tiens à relater, non pas que je me sente des talents de chroniqueur ou d'écrivain, j'aurais d'ailleurs préféré inventer une belle histoire avec de vrais héros, mais parce que je veux faire mon deuil de ces années noires qui m'ont volé mon enfance.

Je n'avais pas le bon âge. Pas assez grande pour comprendre ce qui se passait, ni trop jeune pour ne pas saisir le danger qui nous menaçait, je vivais dans un monde à part, en marge du monde des grands. Mes sœurs aînées assumaient la situation avec courage. Mon grand frère, Jacques, crânait. Et moi, la petite, je leur donnais la main pour les suivre en ville à l'école italienne qui nous a été ouverte et dont j'étais si fière, partagée entre l'excitation et la peur.

J'ai connu le hurlement des sirènes couvrant le bruit sourd des bombardiers dans le ciel, la course aux abris, les longues marches pour rentrer à la maison, parce qu'il n'y avait plus de trams pour nous emmener. Puis, quand l'école a fermé et que nous étions confinés au village en partie dépeuplé, j'ai connu l'ennui, le froid et l'éternelle peur, peur de tout et de rien, de la nuit et des bruits du ciel et de la terre, peur des effets de la guerre et de la mort.

Enfin, quand la guerre nous a touchés de plus près, j'ai connu la mort entrée dans la maison comme une voleuse, plus rapide que l'éclair, et ressortie en laissant derrière elle son butin enseveli sous les ruines, repartie dans la neige pour achever son œuvre, arrêter les fuyards, les coucher sur la terre dans leurs vêtements blancs, entrer dans les masures des pauvres gens, ramasser des familles entières comme celle d'Eugène, mon petit compagnon de jeu, la mort injuste des sacrifiés de l'histoire, la mort grise dans la poussière des décombres, mort inutile et sans gloire dont personne ne se souviendra à part les orphelins et les nostalgiques.

Je pense aux vers du poète tombé au champ de bataille pendant la Grande Guerre, Charles Péguy :

> *« Heureux ceux qui sont morts d'une mort solennelle*
> *Mais pourvu que ce fût dans une juste guerre*
> *...*
> *Heureux ceux qui sont morts dans les grandes batailles*
> *Couchés dessus le sol à la face de Dieu. »*

...au milieu des coquelicots. La mort rêvée des héros. Qui justifie la guerre. Mais ce n'est pas la mort que j'ai connue.

***

À cette époque, j'avais une petite amie qui venait jouer dans le jardin avec moi. Elle était aussi foncée que j'étais claire. Elle s'appelait Maïté. C'était une petite bohémienne qui habitait dans une des roulottes parquées près de la carrière. Dès qu'elle pouvait s'échapper de chez elle, sans dire un mot, car elle ne parlait pas la même langue que moi, elle m'empruntait ma pelle ou mon râteau pour jardiner avec moi.

Nous nous donnons la main devant l'objectif de l'appareil photo tenu par une grande personne, touchée par cette amitié silencieuse en noir et blanc. Nous sommes sérieuses comme des enfants craintifs. Que voyait-elle devant elle ou que voulait-elle me montrer ?

Un jour, elle ne revint pas.

Et le lendemain non plus. Angoissée, je fondis en larmes et suppliai mon frère Jacques qui n'aimait pas que je pleure de m'emmener voir ce qui se passait là-bas près de la carrière. « C'est dangereux, me dit-il, mais si tu y tiens tant, je t'emmènerai. Surtout, ne dis rien à personne ». Jacques m'a prise par la main et nous nous sommes aventurés autour des roulottes, prêts à fuir ces gens réputés dangereux qui se battaient à coups de couteau et tenaient tout le monde à distance. Nous nous sommes blottis derrière les buissons pour faire le guet et à notre grande surprise, il n'y avait plus âme qui vive sur les lieux. Les roulottes semblaient vides. Leurs habitants avaient disparu, laissant derrière eux leur fourbi, leurs casseroles et leur vaisselle et le linge suspendu aux arbres.

Un chien errait dans ce désert.

Personne ne sut me dire pourquoi elle ne venait plus, ce qui était advenu d'elle et de ses parents qu'on ne voyait plus sur la route. Ils avaient disparu. Comme d'autres, dont les disparitions étaient inexpliquées et dont les grandes personnes évitaient de parler, comme si le simple fait de parler d'eux attirait le malheur sur elles.

J'ai longtemps pleuré Maïté, ma petite amie aux yeux et aux cheveux noirs et je me suis réfugiée, le cœur lourd, dans mon espace privé, me méfiant désormais de l'extérieur, des choses qui s'y tramaient et des signes qui ne manquaient pas sur les changements qui s'opéraient autour de nous.

Comme ces sons étrangers à nos oreilles qui envahirent l'air et entrèrent dans les maisons, dans les boutiques, les lieux publics et même à l'église. Des sons secs et durs. Les sons du Hochdeutsch, qui nous enfermèrent dans leur cage de fer, tous sans exception : les sympathisants, les résignés, les récalcitrants, les ignorants, les innocents, comme moi.

Ces sons nouveaux étaient la marque de la germanisation qui s'emparait de toutes parts de notre existence. Aussi, à la rentrée des classes de l'année de mes quatre ans, mon grand frère Jacques est revenu de l'école en déclarant : *Von jetzt an, sprechen wir nur Deutsch* (désormais, nous ne parlerons plus qu'allemand). C'étaient les mots que M. Scholl, leur nouveau maître, avait prononcés en se présentant à ses élèves, quand l'ancien maître fut congédié. M. Scholl venait d'Allemagne et ne parlait qu'allemand. Voilà donc l'allemand, le Hochdeutsch, installé à l'école.

Peu après, Jacques est revenu avec une nouveauté non moins étonnante : *Ich bin Jakob, ich bin Jakob, Jakob* (je suis Jakob, je suis Jakob, Jakob). Ainsi notre Jacky est devenu Jakob, tandis que les sœurs, Marie, France et Marguerite, devenaient Maria, Frida et Greta. Quant aux religieuses qui leur avaient fait l'école, elles furent renvoyées dans leur couvent et remplacées par des maîtresses également venues d'Allemagne.

Ces changements eurent lieu à la vitesse d'un vent d'orage. Sans avoir eu le temps de dire adieu à leurs vieux maîtres, les enfants changés en Allemands en avaient de nouveaux, des étrangers qui leur imposaient leur langue, leur interdisaient de parler français et les forçaient à oublier ce qu'ils étaient et ce qu'ils savaient et à tout reprendre à zéro, à commencer par l'alphabet. Je voyais mon frère et mes sœurs rentrer découragés de l'école.

C'est alors que Fraülein Kreiss est entrée dans la maison, en qualité et en tenue de gouvernante. Fraülein Kreiss, tailleur strict, visage sévère, grande et mince, cheveux blonds coiffés en chignon, devait s'occuper des aînés après la classe. Surveiller leurs devoirs, leur apprendre à lire dans les livres allemands échangés, non sans réticence, contre leurs vieux livres français qui furent brûlés sur la place publique, écrire dans cette écriture bizarre toute en angles qu'on appelle « gothique », je crois. Pour détendre l'atmosphère et remonter le moral des troupes, Fräulein Kreiss chantait : *Alle Vöglein sind schon da* (Tous les oiseaux sont déjà là).

L'irruption de l'allemand dans nos vies était dans la logique des choses. Nous étions germanisés, rattachés de plein droit à l'Allemagne, et de gré ou de force, nous devions nous comporter comme des Allemands. Parler comme eux, penser comme eux, nous comporter comme eux. Je ne savais pas trop ce que cela signifiait, mais je voyais la différence dans les ports de tête et la raideur des gens. Je notais aussi que l'épicière ne comptait plus ses sous en francs ni en centimes, mais en marks et en pfennigs et qu'à la mairie, on ne disait plus « bonjour », mais « Heil Hitler » en levant le bras droit devant la photo d'un homme à la moustache noire qui devait être à l'origine de ces chamboulements.

En effet, je compris bientôt que nous étions sous la coupe de cet homme, annexés à son pays, le grand Vaterland d'Allemagne et que c'est de lui qu'émanaient les décisions que les hommes en gris, plus nombreux que les corbeaux qui sillonnaient nos champs, devaient faire respecter.

Investis du pouvoir que leur conférait l'homme à la moustache noire pour faire de l'Alsace une province allemande, les hommes en gris proliférèrent en ville et à la campagne, dans les rues et les lieux publics et semaient la terreur autour d'eux avec leurs interdictions et leurs menaces, leur toute-puissance et leur manque de respect pour ce que nous étions, même nous les étrangers : des habitants d'une province parlant, certes, un dialecte allemand – l'alsacien – mais officiellement le français, et aimant rire, plaisanter et bien manger, nullement préparés à la rigidité qu'ils affichaient, ni aux changements que maman, qui se rendait régulièrement en ville, à la banque ou dans les administrations, nous rapportait.

Du jour au lendemain, elle ne reconnut plus personne. Dans les bureaux, toutes les têtes avaient changé. Les Français avaient été démis de leurs fonctions et remplacés par des Allemands raides comme des bâtons. Les murs de la ville étaient placardés d'ordres et de *Verboten* – interdiction – en grosses lettres. Muets, pressés, les occupés évitaient de se frotter à l'occupant qui ne tenait pas à savoir si les lois qu'il leur imposait leur plaisaient ou non. *Ils veulent bazarder tout ce qui est français,* disait maman, *même le béret et la baguette. Désormais, tout devra être dit et écrit en allemand et fait à la manière des Allemands.*

Sans doute n'étions-nous pas en guerre, mais nous étions occupés par les forces ennemies et devions nous montrer soumis. Oublier que la veille encore nous étions français et que nous avions nos habitudes. Manger du rollmops, des saucisses et de la choucroute à la place du poulet et des frites. Lire le journal en allemand. Parler allemand au téléphone. Chanter en allemand, prier en allemand.

Maman chantait, elle aussi, quand nous marchions en montagne. Des chansons d'oiseaux, légères comme l'air. Elle trouvait ces chansons merveilleuses. Papa les trouvait dangereuses, remplies d'intentions secrètes.

C'est de la propagande nazie, disait-il. Du folklore, disait maman. Et papa : Des marches militaires. Du miel pour les inconscients qui vont tuer ou mourir. Et maman : Des chansons pour tous, qui nous accompagnent sur la route. Écoute ça, Vittorio : *Die Vöglein im Walde, die singen so wunder wunderschön. In der Heimat, in der*

Heimat, da gibt's ein Wiedersehen. (Les petits oiseaux dans la forêt chantent si bien, si merveilleusement bien, c'est le retour au pays). N'est-ce pas charmant, les oiseaux dans la forêt qui chantent le retour au pays ?

In der Heimat, in der Heimat, protestait papa. Au pays. Quel pays ? Le nôtre ou le leur ?

Et maman : le leur pour être honnête. Mais peu importe ! Puisqu'il nous est interdit de chanter nos vieilles chansons françaises, il ne nous reste plus qu'à chanter les leurs, tant que ça ne fait de mal à personne. C'est une autre Allemagne que celle d'aujourd'hui, l'Allemagne romantique d'autrefois, qui s'exprime à travers elles. De toute façon, ils ne nous auront pas. Notre cœur leur reste fermé. Nous le gardons précieusement dans nos maisons. Notre cœur est ici, Vittorio, c'est ici qu'est notre pays.

Papa souriait à ces discours insensés qui lui passaient au-dessus de la tête. Pour finir, en rentrant, il allait mettre un opéra de Verdi sur le gramophone et l'écoutait en silence. Il ne devait jamais se sentir aussi italien.

***

L'occupation, c'est d'abord un état qui vous interdit de rire à table, voire de parler. Nous ne sommes pas tristes, nous sommes sérieux. Avec ce qui nous pend au nez ! Au mieux, de nouvelles mesures de l'occupant pour nous serrer encore davantage la vis et nous enlever encore un peu plus de liberté. Au pire, la guerre. Der Krieg (que ce mot est dur !). L'inconnu. Papa semble craindre le pire et pour s'en convaincre, il écoute radio Beromünster, une radio suisse allemande, aux repas. C'est la seule radio, selon lui, à donner de vraies informations, les autres radios ne débitent que des mensonges au profit de la grande Allemagne, de la publicité, dit-il, et du bourrage de crâne. Et pendant qu'il reste suspendu à la voix monocorde diffusée par le poste, nous mangeons en silence. Il ne parle pas, mais à ses mimiques, à ses hochements de tête, aux plis qui parcourent son front, on voit qu'il est inquiet. Il sait que la guerre est proche. N'a-t-il pas été obligé d'envoyer ses ouvriers creuser des trous sur la route pour faire obstacle à l'avancée des troupes françaises et leur entrée en Alsace ? Or nous sommes à quelques kilomètres à peine de la frontière et nous serons touchés les premiers.

Le spectre de la guerre nous hante. Avec l'imagination propre aux enfants, je me fais une image terrifiante de la guerre. La guerre ! Imaginer en grand nos petites batailles quotidiennes entre frères. Les nuées d'avions chassant dans le ciel avec leurs outils meurtriers. Les rangs de chars, assoiffés de sang comme des monstres sanguinaires, foulant le sol en faisant trembler la terre avec un vacarme de tous les diables de l'enfer. Les hurlements des sirènes montant aux quatre coins de la ville. La mort postée à la porte des maisons. Les maisons en ruine. Le silence des pierres. Imaginer la catastrophe finale avec l'impuissance d'un enfant qui aimerait fermer les yeux pour ne plus voir ces images sordides que leur présente son imagination et museler cette folle pour en finir avec elle. « Erreur » me susurre alors une petite voix intérieure. « Grosse erreur. Garde ton imagination, si tu as la chance d'en avoir une, et pense aux services qu'elle te rend, aux mondes qu'elle t'ouvre grâce à ses talents de visionnaire, à ses vues grandioses sans lesquelles rien ne se crée, à son amour des grands espaces où tu te sens si bien, mais aussi à son horreur du banal, de l'ordinaire, des demi-mesures, de l'étriqué, qui pourraient te dégonfler tes voiles et dis-toi qu'en dépit de ses fantaisies et de ses exagérations, elle est bien ainsi, qu'il faut la prendre comme elle est avec ses qualités et ses défauts et les peurs qu'elle te met parfois au ventre. » J'écoute cette sage petite voix, je me résigne, je meurs de peur et je me tais, malgré la présence rassurante de papa assis à mes côtés, mais dont les réactions ne trompent pas.

L'atmosphère qui règne à table a un goût amer, car d'une manière ou d'une autre, chacun se fait son propre cinéma, garde en soi ce qui le dépasse et dont il ne peut parler, rumine et baisse la tête.

Le vendredi, papa écoute le Professeur von Salis, l'oracle de radio Beromünster, avec la même attention qu'il écoute Monsieur le Curé à la messe du dimanche. Je ne comprends rien au discours du Professeur, mais je sens qu'il parle de choses graves. Quand Monsieur von Salis a fini de parler, papa me caresse la joue du dos de sa main avec un sourire qui me dit « ne t'inquiète pas », sourire auquel je réponds d'un regard timide. J'ai de la chance. Personne n'a droit à ce sourire, à part moi. Mon petit frère Jean assis à côté de maman ainsi que les grands, flanqués de Fräulein Kreiss, regardent leurs assiettes. À eux, le sourire leur revient quand, après la soupe, les tartes aux fruits sont déversées sur la table. Tartes aux cerises, aux quetsches, aux prunes, aux mirabelles ou aux pommes, ça dépend des saisons. Le vendredi, c'est jour de tarte. Six tartes, au moins. À lui seul, mon frère Jacques en dévore une. Elles sont délicieuses, ces tartes garnies des fruits du verger, cueillis par nos soins. Elles nous changent des pommes de terre servies sous toutes les formes : en robe des champs, sautées, farcies, à la vapeur, en purée ou dans la soupe... et des éternels lapins, issus de nos clapiers.

Ce n'est pas la misère ici, c'est autre chose. C'est le pain dur – mais, comme dit papa en Hochdeutsch : *Hart Brot ist nicht hart, kein Brot ist hart* (ce qui signifie que ce qui est dur, ce n'est pas le pain, mais de ne pas en avoir) – pourtant, comme il est noir, c'est quand même la misère, même si l'on cache ce pain de misère avec du beurre et de la confiture ou, quand il n'y a plus de beurre, avec cette pâte infecte fabriquée avec du gras de porc qu'on appelle saindoux. Maman nous fait parfois des brioches et là, c'est la fête. Trempées dans une tasse de cacao, elles font un dîner. Il n'y a plus de chocolat. Du chocolat soyeux comme autrefois. Maintenant, le chocolat est comme de la craie et ne donne pas trop envie. Mais il reste le cacao. Il n'y a déjà plus de bananes ni d'oranges. Il n'y a plus que les pommes du verger et toutes ces prunes et mirabelles réduites en confiture ou mises sous verre pour l'hiver et pour les jours *qui s'annoncent durs*, de l'avis de tous. Dans la cave, il y a une montagne de pommes de terre, et des choux qui remplissent l'air de leur puanteur.

Avant les repas, nous remercions le Seigneur pour la nourriture qu'il nous donne. *C'est la Providence qui pourvoit,* dit papa. Pour moi, c'est d'abord lui. La Providence vient ensuite. Un peu comme le père Noël auquel je ne crois plus.

Cependant, alors que je remercie le Seigneur pour tous ses bienfaits, car parfois ce que nous mangeons tient du miracle, je remercie aussi papa et, bien entendu, maman et grand-mère Omo pour leurs bonnes idées et leurs interventions secrètes.

Dans la cour, derrière la maison, il y a des lapins, des coqs, des poules et des oies, des nids régulièrement remplis d'œufs et des poussins. Des poussins qui deviendront à leur tour des coqs et des poules pour nous servir de nourriture. J'adore les poussins, je les prends au creux de mes mains, je les caresse et les supplie de ne pas grandir, mais ils ne pensent qu'à ça et se dépêchent de se couvrir de plumes et bientôt je ne les reconnaîtrai plus dans la foule qui caquette au poulailler. Parfois, j'en repère un. Je le baptise et interdis qu'on y touche. J'ai ainsi pu sauver Blanchette, Brunette et Grisette d'une fin cruelle et leur ai permis de vivre comme les oies – qui circulent librement dans la cour – jusqu'à ce qu'elles meurent de vieillesse. *C'est bien parce que c'est toi,* me dit papa qui n'aime pas me contredire.

Pendant que j'essaie de sauver les poules, ma grande sœur Marie attend avec impatience de les plumer. Marie est la spécialiste de la plumaison des poules Elle s'acquitte avec plaisir de cette tâche en quelques étapes bien programmées. Après avoir trempé la bête dans l'eau bouillante, elle attrape les plumes par poignées, fignole sur le duvet sous les ailes et les cuisses, et finit avec la main dans le ventre de l'animal dont elle extrait les entrailles en les jetant en riant sur la table. Est-ce qu'elle s'amuse ou tient-elle à nous dégoûter ? Sans doute les deux à la fois. Mais heureusement qu'elle est là ! Qui voudrait faire ce travail à sa place ? Mathilde, la bonne, qui aide grand-mère à la cuisine, glapit à l'arrivée des poules sans tête encore chaudes du poulailler. Quant à grand-mère, elle indique ouvertement que cette affaire ne la concerne pas. Plus tard, le parfum du rôti ou du bouillon chassera l'odeur écœurante des plumes trempées dans l'eau bouillante. Pourtant, dès que j'y pense, elle revient dans mon nez. Impossible de l'oublier.

C'est encore pire pour les lapins. Question oubli. Je ne parviens pas à oublier l'atrocité du traitement des lapins. C'est papa qui procède à l'opération. Il a l'habitude. Il les attrape par les oreilles et aussitôt sortis du clapier, il leur donne un coup sec sur la nuque. C'est fini. Ils ont cessé de vivre et ne souffriront plus. Par contre, la suite est atroce. Écorcher un lapin, c'est une sale affaire, vite faite. On lui lie les pattes arrière avec une ficelle, on accroche la ficelle au mur avec un clou, on lui fait une entaille en haut des pattes, on tire et on lui retourne la peau, des pattes à la tête. Et voilà le lapin tout nu, méconnaissable sans ses poils et ses longues oreilles et son petit nez qui bouge, avec ses pattes squelettiques et son petit crâne dont on ne voit plus que les dents pointues et les yeux qui sortent des trous. Ce n'est plus l'ami doux qui renifle et grignote la carotte qu'on lui tend. Ce n'est plus qu'une chose, un bout de viande. Quand j'assiste à la scène, je me détourne. J'étouffe un cri de dégoût. Je refuse de croire que papa est un tueur de lapins. Je pense que ce qu'il fait est bien, mais je ne mangerai pas de cette viande. Quand je vois les lapins mariner dans le pot avec du vin, des oignons et toutes sortes d'herbes aromatiques, je ne peux m'empêcher de penser à leur fin cruelle. Et malgré le parfum du civet qui attirera les uns et les autres à la cuisine avant de passer à table, je toucherai à peine à un petit bout de foie.

Il y a assez d'herbe dans nos prés, de graines et de son dans les réserves et d'épluchures de pommes de terre dans les poubelles pour nourrir tout ce monde. Les lapins se multiplient dans leurs cages. Les poules pondent et couvent leurs œufs et leurs petits devenus grands viendront agrémenter les repas des dimanches et des jours de fête.

Les occupants n'ont pas encore eu l'idée de réquisitionner notre production privée. Ils trouvent sûrement mieux dans les fermes dont papa doit entretenir les bâtiments. Tout compte fait, nous ne sommes pas à plaindre.

***

Depuis quelque temps, en fait depuis le passage des chars devant la maison, il y a du nouveau dans l'air : de l'héroïsme. Ça se voit à la coiffure de maman. Ses boucles blondes relevées en deux gros rouleaux retenus par des peignes au sommet de la tête, le port altier, le regard bleu azur virant à l'acier, maman part en guerre, contre l'administration, dit-elle. Lucie, la secrétaire qui me coud également mes robes, est comme elle coiffée de ce casque à la mode que portent aussi les dames sous leur chapeau à voilette le dimanche à l'église. Seule Fräulein Kreiss, la gouvernante qui nous chante des chansons en allemand, a les cheveux tirés en arrière et ramassés en chignon sur la nuque. Cela donne un air sérieux à son visage encore bien jeune.

L'héroïsme, ça aide à se battre et tout le monde se bat en cachette ou plus ouvertement. Certains font les malins. Papa se défend en silence. Il nous défend tous. Il prend soin de nous. Le soir, il enfourche son vélo et bat la campagne pour nous rapporter des vivres. Mais apparemment, il a aussi essayé de faire le malin, du moins aux yeux des occupants. Un jour, deux hommes portant chapeau et manteau de cuir noir sont descendus d'une traction avant noire arrêtée devant le portail, entrés au pas de course dans la maison et ressortis quelques minutes plus tard encadrant papa en chemise et pantalon. Ils l'ont poussé dans la voiture et sont repartis en trombe.

Maman est sortie du bureau et s'est précipitée à la cuisine en hurlant : *Ils ont emmené Vittorio, la Gestapo, la Gestapo...* Grand-mère a tenté de la calmer. Ce n'est qu'une formalité. Il n'a rien fait.

Ils le relâcheront vite. Mais la journée a passé et papa n'est pas revenu. Le lendemain non plus.

À table régnait un silence de mort. Personne n'osait ouvrir la bouche, pas même pour demander de passer le pain. Le surlendemain, j'ai vu maman, vêtue de sa robe rouge à fleurs plissée sur le devant, coiffée d'un bibi à plumes, perchée sur ses hauts talons compensés que papa détestait parce que, du coup, elle était plus grande que lui, partir en courant, suivie de Simon, le géomètre qui dessine au bureau et lui sert aussi de chauffeur. Fräulein Kreiss n'a pas desserré les lèvres, Omo non plus quand je leur ai demandé où elle allait. Quelques heures plus tard, papa est revenu et, à peine avait-il franchi le seuil de la porte, qu'il éclata de rire. Je ne l'ai jamais entendu rire ainsi. Il en avait les larmes aux yeux. *Chuut*, lui soufflait grand-mère. En vain. *Das ist eine Frechheit, eine riesige Frechheit*, (vous avez du culot, Herr d'Amico, un sacré culot) répétait papa. La prochaine fois, on ne vous lâchera plus. Il riait comme s'il avait joué un mauvais tour à ceux qui l'avaient attrapé et qui s'étaient finalement fait avoir. Grand-mère m'a dit qu'il fallait remercier maman de l'avoir ramené à la maison. Puis, elle a pris son air mystérieux qui signifiait ne me posez pas de questions.

Je n'ai pas su comment maman s'y était prise pour ramener papa à la maison. Elle avait des moyens bien à elle pour parvenir à ses fins. Elle était belle et intelligente et y allait de tout son charme en avançant des arguments infaillibles pour convaincre son monde, et si elle n'arrivait pas à persuader ses interlocuteurs que *noir égale blanc*, elle piquait des colères qui mettaient fin à toute discussion. Ne voyez-vous pas, devait-elle dire aux geôliers de papa que Herr d'Amico vous est plus utile libre qu'enchaîné ? Ou quelque chose de ce genre.

Maman sait ce qu'elle veut. Elle a une détermination d'enfer. Je l'avais déjà vue à l'œuvre, mais de façon plus discrète. L'avantage, quand on est invisible comme moi, c'est qu'on peut voir sans être vu. J'avais vu entrer au bureau deux visiteuses inattendues, sœur Bernadette et sœur Madeleine, les deux maîtresses de l'école du village, sans leurs cornettes blanches, en tenue civile. C'était jeudi, jour de congé. Mais pour elles, c'était plus que ça, pour elles, c'était la fin de l'école. Elles avaient été chassées par les maîtres venus d'Allemagne pour enseigner l'allemand aux enfants du pays occupé. Elles ne savaient où aller. Elles ont fait semblant de ne pas me voir. Après tout, elles ne me connaissaient pas, elles ne connaissaient que mes grandes sœurs. Moi, je n'étais pas encore allée à l'école. Elles ont suivi maman dans la salle à manger et, par la porte entr'ouverte, j'ai vu maman leur apporter une pile de dossiers.

Cela s'était fait en un clin d'œil. Tout se fait vite en ce moment. En silence. Les deux sœurs sont muettes. Le soir, elles repartent sur la pointe des pieds. On dirait qu'elles veulent se rendre invisibles, elles aussi. Ont-elles peur ? Elles n'ont pourtant rien à craindre. Mes parents savent ce qu'ils font, malgré les menaces qui pèsent sur eux. Ils connaissent leurs limites. Ils savent jusqu'où ils peuvent aller. Parfois, il y a des fuites dans les conversations tenues à mi-voix dans la maison et j'entends des mots qui ne me disent rien de bon. J'entends parler de camps de travail, de convois, de départs et de je ne sais quoi encore.

Chez nous, personne n'est parti. Papa n'a perdu aucun de ses ouvriers. Il en a même embauché, des Alsaciens en âge de servir dans l'armée, allemande, bien entendu. Et très loin, en plus. En Russie, dans le grand froid. Il les occupe sur ses chantiers aux quatre coins de l'Alsace à réparer et entretenir les bâtiments pour le compte de l'occupant et les conduit même en Allemagne, quand la nécessité l'y oblige, à Stuttgart, à Karlsruhe ou à Mannheim pour déblayer les décombres dans les villes bombardées par les alliés ligués contre les Allemands, car là c'est déjà la guerre. De ses voyages en Allemagne, il revient fatigué et abattu, sans faire de commentaires, mais avec des saucisses, du pain et des jouets, de beaux jouets en bois pleins de couleurs. Il obéit aux ordres des hommes en gris tout en bravant leur organisation avec ses astuces de chantiers et apparemment, cela ne leur plaît pas trop. Est-ce pour cette raison qu'ils l'ont embarqué un jour ?

Maman passe sa vie au bureau. Quand j'ouvre la porte pour être aussitôt renvoyée, je l'entends parler en *hochdeutsch*, souvent d'une voix froide et autoritaire. Elle ne se laisse pas faire par ces fantômes menaçants à l'autre bout du fil. J'entends des *Nein*, des *Ja*, des *Doch* et à la fin, le bruit du téléphone qui claque. Elle dirige l'entreprise de l'intérieur de la maison, depuis le bureau et le salon transformé également en bureau pour y installer ses employés. La guerre est loin et en même temps si proche. On la sent. Elle a envahi la maison. Nous n'avons plus que la salle à manger pour nous réunir.

Avec tout ça, maman n'a guère de temps pour moi. Elle est dans les papiers et au téléphone. Jean, le veinard, parce qu'il est petit et de santé fragile, ne la quitte pas. Il s'assied sur ses genoux et pendant qu'elle écrit, il mange ses gommes.

Hors du bureau, maman s'efface. Elle est la remplaçante de la maman disparue encore très présente. Jacques me montre la photo accrochée au mur et me taquine. *Tu vois, ça c'est ma maman. Et l'autre aussi, c'est ma maman. Toi, ma pauvre, tu n'en as qu'une.* Une maman, en ai-je vraiment une ? Maman est à tout le monde et très peu à moi. Quand les quatre grands sont à l'école, j'ai une gouvernante qui me chante des chansons. Pas comme celles de grand-mère ni comme celles de maman, mais des chansons enfantines d'oiseaux et de petits hommes dans la forêt… *Ein Männlein steht im Walde, ganz still und stumm… Kommt ein Vogel geflogen… Alle Vöglein sind schon da…* (Un petit homme est dans la forêt, silencieux et muet… Un oiseau vole vers nous… Tous les petits oiseaux sont déjà là (encore !)). Je répète après elle et m'habitue aux sons de cette langue qui nous a submergés et qui a balayé celle du bon roi Dagobert, de frère Jacques et de mon ami Pierrot. Pendant ce temps, je grandis. Mon esprit s'éveille et réclame autre chose que ces chansons niaises et mes activités enfantines. Marcher, courir, tourner en rond, écouter, regarder les autres travailler, jouer dans la terre, jeter des graines aux poules, donner à manger aux lapins, tout cela n'a pas de quoi satisfaire un esprit assoiffé de connaissances. Pour calmer ses envies de nouveautés, je lui crée un monde nouveau. Je dépose sur le papier blanc des images de toutes les couleurs, des paysages aux cieux changeants de l'aube au crépuscule, peuplés de personnages et

d'animaux fantastiques et je lui dis : « Regarde, comme c'est beau !
délecte-toi de ce monde ». Mais il n'a pas l'air de comprendre. Il ne
voit dans mes créations que le reflet de mes rêves, rien de commun
avec le monde qu'on peut voir de ses deux yeux dans la nature. Déçu
de mon subterfuge, mon esprit me dit : « Sors, va dehors, va dans la
rue, regarde et raconte-moi avec des mots ce que tu as vu. Puis, va à
la source du savoir. L'école t'attend ».

L'école, oui, mais il y a encore un bout de chemin à faire. En
attendant que sonne l'heure, je joue du piano. Le professeur de piano
n'a pas voulu de moi, car j'ai de trop petites mains. Mais j'ai la
musique au bout des doigts et j'invente des airs à ma taille et un jour,
on verra qui a les mains trop petites ! Les sons se mêlent aux couleurs
et s'envolent vers la cuisine où grand-mère m'entend. Elle arrête alors
un instant de chanter et m'applaudit.

***

Je brise enfin ma coquille et j'entre dans le monde et dans le temps des grands.

Jusqu'à présent, rythmé par le tic-tac de l'horloge, les fêtes, les anniversaires et les évènements qui me touchaient de près, le temps n'a eu de sens que par rapport à moi. Maintenant, c'est différent. Il y a l'extérieur. J'ai créé le lien entre moi et le monde où le temps existe sans moi et se compte en années, en mois, en semaines, en jours, en heures, en minutes et en secondes. Dissocié de moi, mon temps est devenu le temps de tout le monde. 1942 a été ma première année comptée en chiffres. Le premier octobre 1942, à huit heures du matin, j'ai fait ma première rentrée.

Sous le porche de la maison, nous attendons tous les cinq, vêtus de tabliers noirs à col blanc, de chaussures neuves et de chaussettes blanches, cartables au dos, que papa sorte la Six du garage.

Je meurs d'impatience. Je ne tiens pas en place. Je saute d'un pied sur l'autre et m'amuse à balancer le petit coussin attaché à la ficelle accrochée à l'ardoise rangée dans mon cartable et qui servira à essuyer la surface de l'ardoise après le passage de l'éponge sur mes premiers calculs et mes premiers essais d'écriture dans la langue du pays des grandes vacances.

Exceptionnellement, pour la rentrée des classes à l'école qui vient de s'ouvrir pour les Italiens à l'étranger, papa et maman nous accompagnent en voiture. Ils viennent nous présenter. Cette nouvelle école, située dans une villa des beaux quartiers de la ville ne se distingue des villas voisines que par le drapeau vert-blanc-rouge flottant sur sa façade.

Derrière le portail en fer forgé, la cour ne paie pas de mine. Mais sur les côtés, j'aperçois des parterres de gazon et de rosiers, entourés de marronniers et d'allées jonchées de marrons.

Quelques élèves rassemblés sur le perron discutent en alsacien. L'un d'eux salue Jacques avec un *salü Schagui* traînant et Jacques lui répond de la même façon : *Salü Seppi. Woes moch'st dü do ?* (Que fais-tu là ?) – *S'gliera* (das gleiche en allemand) *os dü* (La même chose que toi), dit Seppi en riant. Ils n'ont pas l'air dérangés de changer encore d'école. Apparemment, ils l'acceptent avec humour. Après la case *allemand* du jeu de l'oie de leur éducation scolaire qui a commencé par la case *français*, les voilà projetés dans la case *italien*. Et ça ne les gêne pas. Ils ne viennent pas les mains vides. Ils ont déjà leur langue, le dialecte local que rien ne viendra déloger. C'est la langue des rues et des jeux, du boulanger, de l'épicier, du boucher, des commerçants, des paysans attachés à leur terre, des autochtones, quoi : l'alsacien. L'alsacien est leur base. Leur point d'ancrage. L'italien viendra s'y ajouter comme l'ont fait le français et l'allemand. Mais qu'adviendra-t-il plus tard quand l'école sera finie et qu'ils seront arrivés au bout de ce jeu absurde ? Dans quelle langue vont-ils lire et écrire ? Avec quels mots les livres leur parleront-ils ? Des mots français ? Or le français est déjà loin. Des mots allemands ? Or l'allemand n'a pas fait long feu chez eux et ils ne l'aiment pas. Des mots italiens alors, de la langue de leurs grands-parents qu'ils vont retrouver et apprivoiser, si on leur laisse le temps, si cette nouvelle école dure. Et si elle ne durait pas, parce que c'est une idée du Duce, dont on doute déjà qu'il durera ? L'italien ne sera alors qu'une case de plus dans leur tête. Comme je plains ces Schagui, ces Seppi, mon frère et mes sœurs ! Pour moi, c'est beaucoup plus simple. L'école italienne est ma première école. C'est un départ immédiat pour la culture de mes ancêtres paternels dont le souvenir brillera comme un phare dans les années à venir, quand cette école n'existera plus.

Nous franchissons la lourde porte d'entrée et nous nous dirigeons, poussés par nos parents, vers le bureau du directeur, au fond du couloir du rez-de-chaussée.

Le directeur est un monsieur très distingué en costume bleu et chemise blanche agrémentée d'un nœud papillon jaune à pois bleus, cheveux gominés et répandant autour de lui un nuage de parfum. Sur les indications de maman, il nous pointe sur son registre en lisant d'une voix sonore : Maria, Francesca, Margherita, Giacomo, Lila. Lila, c'est moi, bien sûr, Lila d'Amico. Comme mon nom sonne bien dans la bouche de cet homme ! Je m'incline devant mon directeur à l'exemple de mes frères et sœurs, à nouveau rebaptisés comme le veut leur appartenance à notre pays lointain.

Je me suis donc glissée dans ma nouvelle existence sous mon vrai nom. Je suis restée Lila. J'ai gardé ma marque d'origine. Normal, mon nom était dans le ton. La plupart des élèves ont dû adapter leur nom aux sonorités italiennes, recevoir la marque de l'Italie, comme les moutons marqués au fer du zio Felice. Mais aucun ne s'en est plaint. Au contraire. Le fait d'avoir un nom en a ou en o qui sonne italien nous délivrera des allemands. Nous serons libres de parler notre langue au nez et à la barbe des Fritz plantés aux coins des rues, libres de rire des *Verboten* placardés aux murs, interdisant l'usage du français. Nous pourrons jouer avec notre liberté. À nos âges, la liberté est un jeu. Ce n'est pas un mot bourré de sens, d'implications et d'obligations. C'est une pure sensation de bonheur comme un vent léger qui vous chatouille le visage et vous donne des ailes. J'ai senti ce vent de liberté dès que j'ai franchi le seuil de mon école.

Nos parents sont repartis. Nous nous apprêtons à entrer en classe. Les grands montent à l'étage. Les petits attendent devant la porte d'une salle du rez-de-chaussée qu'on vienne leur ouvrir. Une belle jeune femme blonde nous accueille avec un charmant sourire en nous appelant un à un : Lorenzo, Francesco, Iselda, Stefania, Lila. Nous ne sommes que cinq qui répondons timidement *presente* à l'appel de la maîtresse laquelle se présente à son tour – *Sono la Signorina Tosi* (je suis Mademoiselle Tosi) – et nous introduit dans une petite salle en assignant à chacun sa place. Murs fraîchement repeints, pupitres neufs, parquet ciré, ça sent le propre.

Au-dessus du tableau noir trône la photo d'un homme au visage carré qu'on peut aussi voir dans un énorme cadre au fond du couloir, à côté du bureau du directeur.

L'homme dans le cadre est le Duce, le chef de l'Italie. Avec son ami d'Allemagne, le Führer, ils ont décidé d'ouvrir cette école aux jeunes Italiens à l'étranger. Son nom est Mussolini, mais on l'appelle Duce, tout comme Hitler se fait appeler Führer. Duce, je crois que c'est Führer en italien. Guide, en français. Celui qui marche en tête et montre le chemin. Qui mène les hommes comme le pasteur mène son troupeau. Deux dirigeants qui n'ont de commun que le nom. L'un, le Teuton malingre à la moustache noire en brosse, exerce ses fonctions en despote, n'hésitant pas à éliminer ceux qui se mettent en travers de son chemin ou qui ne lui conviennent pas. L'autre, le Méridional musclé, gouverne bon enfant à la place du roi qui lui a octroyé tous ses droits y compris celui d'utiliser ses anciens livrets scolaires. En effet, sur la *pagella* qui me sera remise plus tard avec mes notes trimestrielles, au-dessus des étoiles vers lesquelles montent des échelles appuyées à un escalier monumental, figure un faisceau et dans le bas de la *pagella*, ce même faisceau est tamponné en gras sur le blason de la famille royale. Le faisceau est l'emblème du Duce et les partisans du Duce sont des fascistes, tout comme ceux du Führer sont des nazis. En Italie, les jeunes en chemise noire marchent au pas en chantant des chants fascistes. En Allemagne, ils ont des chemises marron et marchent au pas en chantant des chants nazis.

Ici, rien de tel. Nous ne défilons pas dans les rues. Dans notre école qui n'a de but que de ramener quelques brebis perdues dans le bercail national, nous nous contentons de saluer la photo du Duce accrochée au mur et de chanter le chant des fascistes qu'on nous a appris dès le premier jour.

Giovinezza, giovinezza / Primavera di bellezza / Della vita nell'asprezza, / Il tuo canto squilla e va ! (Jeunesse, jeunesse, /

Printemps de beauté / Dans l'âpreté de la vie, / Ton chant résonne et va !)

E per Benito Mussolini / Eia eia alalà ! / E per la nostra Patria bella, / Eia eia alalà ! (Et pour Benito Mussolini, / Eia eia alalà ! / Et pour notre belle patrie / Eia eia alalà !).

Notre belle patrie ! Je ne sais pas ce qu'est le patriotisme, mais ce chant à la gloire de l'Italie et de son guide me donne des ailes. Et c'est dans un véritable élan d'amour pour cette patrie lointaine que j'apprends à tracer des ronds, des i, des a et des o sur mon ardoise. Bientôt apparaissent à la pointe de mon crayon des lignes de *babbo*, de *mamma* et de Lila qui me valent des *Lodevole* (très bien) sur ma *pagella*, car je m'applique comme si c'étaient des œuvres d'art. Sur les traits rouges de mon ardoise, c'est comme si je déposais les notes d'un opéra de Verdi. Rien qu'à les voir, ça chante les *babbo*, les *mamma* et les Lila.

Ainsi, la langue transmise par l'écriture et portée par la voix mélodieuse de la Signorina Tosi qui nous apprend plein de chants – des patriotiques, des romantiques, des marches héroïques, des sérénades et des nina nana – cesse d'être la langue des circonstances particulières, vacances, visites, relations avec les domestiques, pour devenir celle de chaque instant, celle de mes conversations avec Lorenzo, par exemple, qui parle l'italien à la maison.

Lorenzo, un pur italien aux yeux marron et aux boucles noires dont les parents tiennent une épicerie fine de produits italiens dans une des rues les plus fréquentées de la ville, a une réserve de petits gâteaux aux amandes dans la poche et m'en offre souvent à la récréation. Ils sont durs comme des bonbons et fondent comme du miel dans la bouche. En classe, il se tourne souvent vers moi, avec un drôle de regard. Je crois qu'il est amoureux de moi. Et moi, ça me fait tout drôle, quand il me regarde ainsi. Serais-je belle avec ma peau blanche et mes nattes blondes ? Personne ne me l'a jamais dit. Au contraire, à côté de mes sœurs brunes et si sûres d'elles, je me crois laide. Et puis je suis si menue ! Un courant d'air suffirait pour me renverser.

D'après ma sœur aînée Marie avec qui je partage la chambre, je rêve maintenant en italien. Je vis dans un rêve, c'est la fête chaque jour. Peu importent les levers matinaux, les trajets fatigants à pied et en tram pour nous rendre à l'école. Les engelures aux genoux entre le bas de la robe et le haut des chaussettes, car l'hiver est rude. Nous ignorons les hommes en gris qui circulent dans les rues, bottés et arrogants, les gens faisant la queue devant les magasins, la pénurie, les tickets de rationnement, les Heil Hitler à tout bout de champ, et cette langue imposée à tous, même au curé du village obligé de faire ses sermons en allemand. Nous oublions la guerre dans cette belle villa placée comme un îlot de paix au milieu de la ville livrée à l'occupant.

Nous sommes des privilégiés, traités avec élégance par nos enseignants.

Le seul lien qui me rattache encore au village, c'est l'église et la messe du dimanche. Que nous ne manquons jamais, malgré le changement. Le nouveau curé parle allemand et entre le latin de la messe et l'allemand du sermon, je ne comprends plus rien. C'est comme un théâtre dont je ne saisis que les gestes. Un théâtre muet. Ainsi, la passion du Christ jouée cette année sur le parvis de l'église. C'est la première fois depuis qu'on m'emmène à l'église que j'assiste au jeu de la passion. Pendant qu'un récitant en aube blanche lit le récit de l'évangile, un groupe de villageois mime ses paroles. Les scènes muettes et lentes sont entrecoupées par le récit.

Tout paraît si vrai. Je retiens mon souffle et écarquille les yeux lorsqu'un jeune homme, resté quelque temps sur le côté de la scène, vient au premier plan pour se faire charger sur les épaules une lourde croix qui va lui rendre la marche impossible. Il tombera à plusieurs reprises avant d'être attaché sur cette croix avec des cordes. Les hommes uniront leurs forces pour redresser la croix et la maintenir debout sur le parvis.

Il est terriblement beau, avec son visage pâle et ses cheveux dorés qui lui collent au front. Il souffre dans ses traits. Il se penche en avant, car la couronne de rameaux qu'il porte sur la tête l'empêche de se tenir droit. Il souffre dans son corps. La scène n'est pas longue, mais elle a assez duré pour que je fonde en larmes. *Lila,* me dit Marie en me tirant par la manche. *Tu vois que ce n'est pas vrai. Arrête de pleurer.* Mais je ne veux rien savoir. Je laisse couler mes larmes. Je hoquette, je renifle, ne pouvant me détacher de ce visage sublime à l'expression tragique qui se grave en moi et je tombe follement amoureuse de lui.

C'est un sentiment qui me prend comme une vague où tout se mêle, la religion, l'amour et l'art. Le Christ en croix, le beau jeune homme et le tableau vivant avec ses personnages, tout ne fait plus qu'un pour moi. Ce n'est pas un culte. Ce n'est pas du théâtre. C'est une scène criante de vérité. Ce n'est pas n'importe quel beau jeune homme. C'est celui-là, le crucifié du tableau vivant, qui a touché mon cœur et m'a fait pleurer de pitié, de piété et d'amour.

J'ai d'ailleurs l'impression que les larmes que j'ai versées, ce jour-là, répondaient bien à l'atmosphère pesante qui régnait au village, dans cette Alsace défigurée où tout ce qui était beau et vrai était condamné à disparaître, de même que la vie idéale que nous menions dans notre école de privilégiés devait bientôt finir.

***

Quand la porte de l'école se ferme, nous sommes chez nous. Contrairement aux gens de l'extérieur, victimes du faux patriotisme qui leur est imposé, nous sommes d'authentiques Italiens. Notre pays est le plus petit pays de la planète. Il tient dans les murs d'une villa des beaux quartiers de la ville, mais il a une immense histoire, des empereurs, des papes, des poètes, des peintres et des musiciens, et des savants qui, depuis des siècles, ont tout compris du monde et de son mécanisme. Nous remontons son passé, explorons sa géographie, marchons dans ses divins paysages, loin des conflits et des mascarades.

En été, ce pays de papier devient le pays des vacances, un vrai pays grandeur nature, avec sa lumière, ses parfums, ses couleurs et ses sons, le claquement des zoccoli sur le pavé, une voix de femme appelant son fils – Rodolfo, Rodolfo – à la soupe, des voix d'hommes jouant à la mourre, le chant des amoureux et des filles esseulées. On y accède, avec la Six grise de papa, par la route qui traverse les hautes montagnes suisses.

L'été dernier, nous sommes allés au lac et nous nous sommes baignés comme d'habitude. Mes grandes sœurs étaient restées à la maison, la première parce qu'elle avait mal aux oreilles, la deuxième parce qu'elle préférait jouer du piano, la troisième pour bouder.

Dans la barque du zio Enrico, le frère de papa, nous avons pêché les goujons. Le zio refusait, avec des enfants à bord, de se risquer dans les eaux profondes où abondent les gros poissons. Nous sommes donc restés près du rivage parmi les bancs de goujons. L'eau était si limpide qu'on aurait pu compter les grains de sable qui en tapissaient le fond. Assise avec ma cousine Anabella à l'arrière de la barque, nous gardions un silence religieux. À l'autre bout de la barque, maman maîtrisait Jean en le serrant dans ses bras et sur la banquette du milieu papa ramait, en habitué de la rame, effleurant à peine l'eau lisse de ses pales, les levant parfois avec douceur pour laisser glisser la barque, comme dans un rêve, pendant que le zio jetait la ligne. Jacques, assis dans la coque, s'occupait de la pêche. On aurait entendu une mouche voler. À part le frétillement des poissons mordant à l'hameçon, pas un bruit, sauf au loin, les rires et les conversations des lavandières.

Ici, papa n'écoutait pas la radio. Peut-être parce qu'il ne pouvait pas capter son poste préféré, ou parce qu'il voulait profiter des vacances et oublier la guerre. Tout était calme au *paesello*, et même de l'autre côté du lac, sur les collines couvertes de villas où nous nous rendions en calèche pour voir la zia Giulia, les cousins et cousines, la comtesse Elena et ses enfants, rien n'indiquait que la guerre existait. On circulait librement dans cette Italie du Nord où l'on savait encore rire et appeler chat un chat, les Rosa Rosa et les Gino Gino et nous, Italiens de France, i francesi.

J'ai appris par la suite que l'occupation allemande de l'Italie, y compris celle du Nord, était purement militaire, contrairement à celle de l'Alsace, qu'elle ne touchait pas la vie des gens et qu'elle laissait une marge de liberté à une population prête à se défendre, une place à la résistance, à l'héroïsme, à l'inconscience et à un calme apparent.

Malgré l'impression de paix laissée par ces vacances italiennes, nous sommes revenus en Alsace dans un climat de guerre.

Radio Beromünster nous servait des Krieg à chaque repas, car la guerre était partout dans le monde, orchestrée par l'ennemi commun Hitler. Les millions de blessés et de morts, les villes, les villages et les terres brûlées et ravagées, Blut und Tot, sang et mort, rien n'arrêtait le Führer dans sa rage meurtrière de repousser ses frontières jusqu'aux ultimes limites et d'agrandir son Lebensraum, son espace vital, pour pouvoir nourrir son peuple, le plus grand du monde prétendait-il. À l'Est comme à l'Ouest, au Nord comme au Sud, dans la boue et la neige et dans le sable brûlant du désert, partout, il faisait parler de lui. Il jouait sur tous les fronts. Quant à son principal allié, on le passait sous silence. Peu ou presque rien ne filtrait dans les nouvelles sur la participation du Duce et de l'Italie aux conflits fomentés par le Führer, rien sur les ambitions personnelles du Duce... ni sur son peu de moyens. Là où le Führer remportait tous les trophées, le Duce faisait figure de comparse.

Mussolini se débinait de plus en plus. Il était épuisé. Il était loin des rêves dithyrambiques des premiers temps du fascisme. Il avait raté l'homme nouveau, raté le monde nouveau qu'il avait imaginé en concertation avec son pendant, Hitler, raté des guerres – les Grecs, aïe, aïe, aïe ! ça a fait mal, et pour finir, il devait recourir à des intrigues pour se maintenir en place, car dans l'entourage du roi qui lui avait cédé ses pleins pouvoirs sur la conduite du pays on commençait à vouloir se débarrasser de lui. Il n'avait plus la carrure du héros national malgré la largeur de ses épaules, et sa peau commençait à flétrir. Aussi avons-nous passé cette première année à la Scuola à chanter les louanges d'un antihéros en nous berçant de l'illusion d'avoir la chance d'appartenir à cette institution sélecte qui de fasciste n'avait déjà plus que le nom et une belle chanson pleine de promesses revenant en écho : « Jeunesse, jeunesse, printemps de beauté... ».

62

II
L'Italie et la guerre cachée

***

À la mi-août, comme d'habitude, maman a fait les valises pour nous emmener, les deux petits, avec le train qui va de Suisse en Italie, dans la villa de nos amis italiens, en attendant que papa nous rejoigne avec sa Six grise. Nous irons plus tard, tous en famille, passer le reste de l'été dans les Vosges, à la ferme de la Klausmatt.

Maman est à nous, rien qu'à nous, dans ce long train rempli de militaires allemands et d'hommes d'affaires de toutes nationalités, vêtus de costumes sombres. Elle est sublime dans son tailleur crème avec son chapeau à voilette qui, sans les cacher, ajoute du mystère à ses yeux bleus. Les hommes la regardent, fascinés. Maman fait son numéro de charme devant ses admirateurs en leur parlant dans une langue qui fait le bonheur de tous, un heureux mélange de français, d'allemand et d'italien. Mon petit frère et moi, assis face à face près de la fenêtre sur les banquettes de velours rouge, nous nous gavons de chocolat suisse aux noisettes. Derrière la vitre du train, je vois fuir le paysage. Des lacs et des montagnes et, au loin, encore des montagnes coiffées de neiges éternelles, des cascades dévalant les pentes, des torrents bondissant sur leurs lits de pierres, parfois un hameau au creux d'un vallon, une petite église au clocher pointu perchée sur un rocher. J'ouvre grand les yeux pour ne pas manquer un instant du merveilleux spectacle de ce paysage intouché. De temps en temps, nous entrons dans un tunnel qui nous plonge dans le noir, mais je ne m'inquiète pas. Les lampes s'allument au plafond et les voyageurs se laissent bercer par le tatactatoum des roues du train, et quand la lumière du jour revient, elle est de plus en plus éblouissante car le ciel vers lequel nous allons est de plus en plus lumineux.

On frappe à la vitre du compartiment. La porte s'ouvre. *Passaporti, prego* (vos passeports, s'il vous plaît), dit l'homme en uniforme vert brandissant un tampon. C'est le contrôleur des douanes. Maman fouille dans son sac et sort son passeport italien qu'elle lui tend. L'homme le feuillette, nous regarde tour à tour tous les trois. *Italiana* ? demande-t-il, l'air étonné. *I suoi bambini* (vos enfants) ? Apparemment, il ne sait pas faire de phrases. Maman lui répond : *Oui, oui.* Alors il rit et pointant du doigt nos valises rangées dans le filet au-dessus de nos têtes, il dit toujours sans faire de phrase : *Le vostre valigie* (vos valises) *?*

— *Si*, lui répond cette fois maman. *Va bene* (ça va). Et il s'apprête à repartir lorsqu'il aperçoit dans le filet une petite valise solitaire, la mienne, pas plus grande que le boîtier d'une flûte. C'est justement celle-là qu'il veut qu'on ouvre. Je grimpe sur la banquette, descends la valise et m'exécute. Et je regarde l'homme, angoissée. Que va-t-il faire ? Va-t-il me confisquer ma Jeannette vêtue de neuf, dans sa longue robe violette et son bonnet assorti, crochetés par maman, mes Caran d'Ache suisses et mes albums à colorier, sans compter les petits carnets que j'ai confectionnés avec des feuilles de papier machine du bureau, coupées en deux, pliées en quatre et assemblées avec un bout de ficelle ? Ce sont mes biens les plus précieux et il ne faudrait pas… Mais, après avoir jeté un rapide coup d'œil sur le contenu de ma valise, le douanier me sourit et me caresse la joue en me disant *Va bene Signorina. Buon Viaggio* (Tout va bien Mademoiselle. Bon voyage). Il tamponne d'un coup sec le passeport de maman et lorsqu'il repart, nous sautons de joie, Jean et moi. Nous sommes en Italie.

— Dis, maman, demande Jean naïvement, on est en Italie ?

— Oui, mon chéri, nous sommes en Italie. Ce sourire, cette légèreté et derrière les vitres du train, ce paysage tout différent de celui de l'autre côté de la frontière, c'est l'Italie. Les champs succèdent aux montagnes. Les maisons ont des toits plats. Elles sont entourées de palmiers, de fleurs, de vignes et de vergers.

Les gares sont peintes en rose, le ciel sans nuages est d'un bleu éclatant. Dans le compartiment, tout le monde parle en même temps et très fort, même la petite fille qui vient de monter avec sa maman et fait des cabrioles sur la banquette. J'ai l'impression que ce pays ignore la guerre et que les militaires qui nous ont accompagnés pendant ce voyage ne sont venus qu'en villégiature.

À notre arrivée à destination, la nuit est tombée. *Milano centrale. Milano centrale,* annonce une voix feutrée dans le train et le haut-parleur de l'immense hall de la gare mal éclairée. Les voyageurs se bousculent et se pressent, poursuivis par des hommes coiffés d'une casquette bleue qui poussent des chariots et crient *facchino, facchino* (porteur, porteur). L'un d'eux s'approche de nous et s'empare de nos valises. Maman n'a pas le temps de souffler que déjà nos valises, sauf la mienne que je ne lâche pas, s'en vont sur un chariot. Maman nous avait prévenus. Attention, en Italie on vole autant qu'on rit. Enfin, plus ou moins comme ça. Elle serre son sac sous son bras et nous courons derrière notre facchino qui livre nos valises à un taxi vert dans lequel il nous enfourne, sans oublier de tendre la main à la « Signora » qui le paie grassement. *Grazie Signora, mille grazie* (Merci Madame, mille fois merci), dit-il en s'inclinant profondément avant de fermer la portière. *Alla Stazione Nord* (À la gare du Nord), dit maman au chauffeur.

Enfoncée dans le siège arrière du taxi, derrière la vitre qui nous sépare du chauffeur, je ne vois que du noir. Pas une lumière. On dirait une ville morte. Le chauffeur est nerveux. Il se faufile dans les ruelles obscures, freine, repart, freine à nouveau et nous secoue comme des sacs de pommes de terre dans son corbillard vert pour nous déposer enfin devant une petite gare tranquille où l'on se croirait à la campagne. Ici, les voyageurs prennent leur temps. Ils traînent les pieds sur les quais à ciel ouvert avant de monter dans le petit train vieillot attelé à une locomotive à vapeur à destination de Varese. Les deux banquettes de première classe sont déjà occupées. Nous nous installons sur le bois patiné des secondes classes parmi les employés qui rentrent de leur travail avec leurs serviettes à casse-croûte vides et descendent les uns après les autres dans les petites gares jalonnant la voie ferrée.

Varese, je m'en souvenais comme d'une petite ville coquette, avec en son centre une fontaine entourée de cafés et de marchands de glace, des arcades et un grand jardin public derrière un bâtiment rose qui fait toute la longueur d'une rue. À la descente du train, un homme en costume gris vient à notre rencontre. Il ne semble pas très à l'aise dans ce costume trop grand pour lui qui lui donne un air d'épouvantail. Il a dû l'emprunter pour l'occasion. Il s'incline devant maman et la débarrasse de ses bagages : *Buongiorno, Signora d'Amico*, dit-il. *Buongiorno, Landin'*, lui répond maman.

Contrairement à maman, j'ignore qui est ce drôle d'échalas qui nous fait monter dans une vieille Fiat noire stationnée devant la gare. Inutile de lui dire où nous allons. Il part sur les chapeaux de roue, traverse la ville plongée dans l'obscurité, sauf autour de la fontaine de la Piazza Montegrappa qui est la fierté du lieu, prend la route des lacs où se succèdent les grandes propriétés, les villas cachées derrière les arbres, au bout d'allées bordées d'hortensias ou de cyprès qu'on devine derrière les grands portails aux pointes dorées. Tout paraît tranquille dans ce décor sombre. Le paysage n'a pas changé. La vie continue dans l'ombre. Je pense à ces familles qui ont la chance de ne pas connaître la guerre.

Jean s'est endormi sur les genoux de maman et moi, le front collé à la vitre, je regarde défiler le paysage quand le chauffeur vire brusquement à gauche pour longer le mur de la « villa ». Il s'arrête devant l'entrée de service en face des écuries, nous ouvre cérémonieusement la portière et sort en hâte les valises du coffre. Maman n'en revient pas. Pourquoi n'entrons-nous pas par la grande porte ? Qu'est-ce que ça veut dire ? Que signifie cette comédie ? *Nous sommes seuls*, dit le chauffeur. *Ils sont partis. La villa est vide.*

— *Seuls* ? demande maman, étonnée.

Confus, nous restons plantés là au milieu de nos bagages, muets d'étonnement. Quelle mauvaise surprise ! Ne devions-nous pas passer deux semaines agréables avec la comtesse Elena et ses enfants pendant que papa qui allait nous rejoindre un peu plus tard s'occuperait des affaires du comte ? Et puis ce chauffeur de pacotille. Maman l'a reconnu. *C'est le Landin'* me souffle-t-elle en ajoutant : *Tu ne te souviens pas, le fabricant de valises ?*

— *Non. Je me souviens seulement de la Pina, sa femme, qui les vend.*

— *Voilà, c'est ça.*

— *Mais pourquoi c'est lui qui est là ?* Maman ne répond pas, car elle n'en sait rien. Maintenant, il sort un trousseau de clés de sa poche, nous ouvre la petite porte de service de la villa. Sur une console, il prend une lampe de poche, l'allume et nous conduit, par un escalier raide et sombre, à l'étage dont la porte principale est également fermée à clé. Il fouille dans son trousseau de clés, en essaie plusieurs avant de trouver celle qui ouvre cette porte donnant accès au couloir des chambres d'amis où l'on monte normalement par l'escalier principal.

Notre chambre se trouve au fond du couloir. Elle a vue sur le parc. Elle est tapissée de rose, la couleur préférée de la maîtresse de maison, et toute décorée en rose, ce qui lui donne un air féérique dans la lumière de la lampe de poche.

Nous sommes attendus. Quelqu'un a pris soin de mettre un plateau de fruits et une bouteille d'eau sur la commode, des serviettes sur les lits, des bougies dans les chandeliers et des roses dans les vases posés sur les chevets, comme quand la maison est pleine. Les persiennes et la fenêtre de la chambre sont fermées. Le Landin 'ouvre la fenêtre pour nous aérer, car la chaleur est étouffante en cette nuit de juillet, et tire le rideau. *Ce n'est pas le couvre-feu ici, mais la prudence*, dit-il, *qui nous oblige à fermer les persiennes et tirer les rideaux.* Puis, il nous allume une bougie et repart chercher nos valises.

C'est alors que je vois la lettre adressée à maman dans la belle écriture ronde qu'on m'a apprise à la Scuola. Nul doute, c'est une lettre de la comtesse Elena. Je saisis l'enveloppe et la tends, tout excitée, à maman.

— Tiens, maman, une lettre pour toi.

— Oh ! Merci, ma chérie.

Mes yeux disent : vite, lis, maman. Mais elle contemple l'enveloppe un bon moment avant de l'ouvrir et de lire son message à voix basse, puis à haute voix non seulement pour satisfaire ma curiosité mais parce qu'elle a besoin de partager la mauvaise nouvelle avec quelqu'un, en l'occurrence moi.

Ma chère Aurélia (le message est écrit en français sur une carte blanche),

Pardonnez-moi de ne pas être là pour vous accueillir. Mais nous sommes obligés de partir. Ne bougez pas. Soyez prudente. Giuseppina et Orlando prendront soin de vous en attendant l'arrivée de votre époux. Puis, fuyez au plus vite. Je pense bien à vous et espère que nous nous reverrons bientôt malgré les difficultés actuelles. Je vous embrasse très affectueusement. Signé : *Votre amie Elena.*

Après avoir lu et relu ce message sibyllin, maman remet la carte dans l'enveloppe qu'elle glisse soigneusement dans son sac, comme si elle se méfiait des murs, des intrus et des présences invisibles.

Lorsque le Landin '(Orlando en bon italien) revient, voyant notre air ahuri, il tente de nous rassurer : « Nous nous occuperons de vous jusqu'à l'arrivée du Signor d'Amico. »

— Nous ?

— Oui, ma femme et moi.

— Mais pourquoi ne pas nous avoir prévenus ? insiste maman.

— Cela s'est fait si vite. Ils sont partis en voiture tous feux éteints au milieu de la nuit.

— Et où sont-ils allés ? ose encore s'enquérir maman. Le Landin ' lève les bras au ciel comme pour dire je ne sais pas. Mais moi, j'ai l'impression qu'il sait.

Il nous demande poliment si nous n'avons plus besoin de rien, pose discrètement une lampe de poche sur la commode et tend deux clés à maman en précisant que la première sert à la porte du couloir et la seconde à la porte de sortie, au cas où, mais il vaudrait mieux ne pas sortir. Puis il pointe du doigt la clé fichée dans la serrure de la chambre et lui recommande de la tourner dès qu'il sera parti.

Maman, il va où le Landin' ? demandons-nous tous les deux en chœur, au bord des larmes.

— *Rassurez-vous, nous répond-elle, il ne va pas loin. Il dort dans le logement du gardien.* Ce sera confirmé le lendemain matin quand nous le retrouverons à la cuisine avec sa femme, après avoir passé une nuit blottis les uns contre les autres dans le grand lit capitonné de soie rose. Maman a défait les valises et chanté une berceuse à Jean. Quant à moi, j'ai eu du mal à m'endormir ; avant de trouver le sommeil, j'ai eu l'impression de voler, de monter et descendre dans l'espace, plus légère qu'une plume comme si je n'avais plus de poids, plus de consistance, une enfant de personne et de nulle part. Est-ce ainsi que ça se passe quand on ne comprend plus rien à rien, quand tout vous échappe ?

***

Une lumière crue fusant à travers les fentes des persiennes nous réveille. Il est encore tôt mais déjà les oiseaux font un sacré grabuge qui monte jusqu'à nous et nous empêche de dormir, sans compter la peur qui nous étreint d'être seuls dans cette grande villa et la faim qui nous creuse l'estomac après ce long voyage où nous n'avons mangé que du pain et du chocolat puis touché à peine aux fruits trouvés dans la chambre.

Trois coups feutrés frappés à la porte de la chambre. C'est la Pina, la femme du Landin', qui nous annonce d'une voix sourde comme si elle craignait que les murs ne l'entendent : *Le petit déjeuner est servi. Je vous attends à la cuisine.*

Nous sautons du lit et nous nous habillons à la hâte. La toilette sera pour plus tard. Et nous empruntons l'escalier de marbre qui descend au hall d'entrée de la villa d'où partent tous les chemins. Le jour dansant derrière les volets des portes-fenêtres du hall anime les portraits accrochés aux murs. Les ancêtres. Des princes, des prélats, des papes, figés dans leurs cadres, comme nous prisonniers des lieux. Les portes des pièces du rez-de-chaussée sont toutes fermées à clé. Nous les avons essayées une à une par curiosité, avant de prendre l'escalier de service qui descend à la cuisine où la Pina nous attend avec le petit déjeuner servi à la grande table des domestiques. Panini, beurre et confiture, vaisselle de porcelaine, cafetière en argent, sur une nappe blanche. La Pina a fait un effort pour nous. C'est une femme simple toute vêtue de noir, précocement grise, le teint frais, souriante et bavarde, contrairement à son mari, et qui nous met à l'aise avec cette révérence qu'ont les gens du peuple pour les « Signori ».

Pendant que maman nous tartine les petits pains frais de beurre et de confiture, la Pina se tient derrière nous et nous parle confusément de la fuite des maîtres, des rumeurs d'enlèvement, de la panique générale au village, de la crainte qu'ont les villageois des fascistes et des antifascistes. Le cousin Paolo, ami du comte, a été le dernier à voir la famille Albini, la nuit où ils sont partis en direction des montagnes et de la Suisse. Et depuis, Paolo, on ne l'a plus vu.

Faites attention, nous intime la Pina, *on ne sait jamais. Ils rôdent autour du village... Sono tremendi* (ils sont terribles), ajoute-t-elle en agitant la main. Et puis, changeant de sujet : *Je vais vous préparer le déjeuner, pour midi si ça vous convient.*

— *Merci, Pinuccia,* dit simplement maman qui a écouté la femme en silence. Que dire de plus ? Maman paraît songeuse. Elle qui a l'habitude de la protestation, qui s'est fait une armure contre les mauvais coups et les manies de l'occupant, reste sans voix devant le visage fermé de la guerre au pays du sourire. Ce n'est peut-être pas la guerre ici comme chez nous, mais une guerre intestine entre factions – fascistes et antifascistes – qui trouble les esprits et force au silence.

Nous remontons dans notre prison rose et attendons l'heure du déjeuner. Maman range, Jean, à genoux devant une table de chevet, fait ses premières gammes de peinture avec mes Caran d'Ache dans un de mes albums à colorier. Il est trop petit pour comprendre ce qui se passe et moi, assez grande maintenant pour dépasser le rebord de la fenêtre. Je regarde par les fentes des persiennes des découpes du parc, ses grottes et ses fontaines, ses parterres de fleurs et l'escalier de pierre bordé de cyprès qui mène à la pelouse où l'été dernier nous jouions au croquet. Au loin, comme un haut de scène, la chaîne de montagnes blanches. Scène muette aujourd'hui, car il manque les personnages : Francesco et Marcellino, les fils de la maison, Ezio, le fils du jardinier, la Mademoiselle qui nous poursuit avec ses mises en garde et ses interdictions, la comtesse Elena qui nous surveille de loin tout en bavardant avec maman, le majordome jonglant avec son plateau d'argent qui nous apporte du sirop, du thé et des gâteaux.

Les après-midi dans ce jardin merveilleux où nous nous rendions chaque été quand nous étions en vacances de l'autre côté du lac avaient quelque chose de sacré. Pour maman, c'étaient des moments de détente et d'oubli, l'occasion de faire un pied de nez aux interdictions de l'occupant en parlant français et pour la comtesse Elena celle de rafraîchir son français qu'elle avait appris en pension dans sa jeunesse et qu'elle n'avait pas suffisamment d'occasions, disait-elle, de pratiquer, mais surtout celle d'entretenir une précieuse amitié avec maman. Elle s'ennuyait à mourir pendant son séjour estival dans la villa. Elle recevait peu. Aussi, était-elle trop heureuse d'accueillir maman qui venait égayer sa morne existence, pendant que papa discutait d'affaires avec le comte, qu'il connaissait depuis son enfance. Mais ça, c'est une autre histoire.

Nous la retrouvions à l'heure du thé assise sur la terrasse, un livre à la main, qu'elle lisait avec une apparente indifférence. Mais elle ne cachait pas sa joie quand elle nous voyait arriver. Alors son visage s'animait et sa voix se mettait à chanter les louanges de sa chère amie toujours aussi belle et aussi fraîche dans ses robes à fleurs contrastant avec les tenues strictes et les robes unies qu'elle portait elle-même, maman et son sourire, sa légèreté, sa spontanéité de femme d'un monde ordinaire. « Vous avez de la chance, Aurélia, lui arrivait-il de se plaindre. Vous êtes libre et vous avez une maison. Moi j'en ai quatre, autrement dit aucune. Je n'ai pas le temps de m'attacher à un lieu. Le temps d'ouvrir portes et fenêtres, c'est déjà le moment de les refermer. Entre Milan, Rome, le fort dans les rizières de la plaine du Pô et cette villa dans la région des lacs – un lieu pour chaque saison – sans compter les séjours annuels à la mer et en montagne, je n'ai pas d'endroit où me poser. Je suis toujours dans les valises et jamais chez moi. »

Ainsi parlait la pauvre comtesse quand elle avait épuisé tous les sujets de conversation autour des enfants, de la vie en Alsace et des faits et gestes de maman. Elle avait mille questions et ce n'était pas pure courtoisie.

Pendant qu'elles conversaient entre elles avec Francesco, l'aîné, sagement assis à côté de sa maman – sauf pour les parties de croquet qu'il partageait avec nous – et Jean sur les genoux de la mienne, Marcellino poursuivi par une Mademoiselle incapable de le maîtriser, gambadait dans le parc avec moi. Parfois, il venait piquer une framboise sur une tartelette et l'on entendait des gronderies dites d'une voix suave *Marcellino, ma cosa fai ?* Mais celui-ci n'écoutait pas. Il repartait aussitôt courir après moi, dans les allées du parc et les labyrinthes en charmille. Il m'attrapait, m'embrassait – *ô ma belle fiancée !* – soulevait ma robe pour voir ma culotte. Je lui échappais en riant. Il chantonnait : *Je t'attendrai. Je t'attendrai toujours.*

Aujourd'hui, je ne vois le parc que par les fentes des persiennes. La pelouse n'a pas été tondue depuis des jours. Des nuées de papillons envahissent l'herbe haute. Entre les fleurs poussent les mauvaises herbes. Le jardinier ne s'en occupe plus. Et mon compagnon a disparu.

Marcellino a deux ans de plus que moi, mais il n'a pas encore atteint l'âge de raison. Il est imprévisible et farceur, audacieux, romantique et sans scrupules. Il profite sans vergogne de son héritage de grand seigneur. Il est le maître des fleurs, des poissons rouges et des épées accrochées aux murs. Il saute dans les massifs de fleurs pour faire des bouquets aux dames, pêche les poissons rouges qui nagent dans le bassin pour les apporter à la cuisinière, tire son épée dans l'obscurité des couloirs pour faire peur aux invités. Il a l'art des disparitions, des subtilisations et du camouflage, toute la panoplie de l'apprenti magicien. Très inventif, on ne sait jamais à quoi s'attendre avec lui. Mais je l'adore et il me manque. Quand reviendra-t-il ?

Si Marcellino me manque, Lorenzo ne me manque pas moins. C'est d'ailleurs à cause de lui, de ce manque de lui, que me vient l'idée de prendre dans ma petite valise un de ces carnets que j'ai confectionnés avec du papier machine et un bout de ficelle pour me mettre à écrire. Je vais lui donner de mes nouvelles, même si je ne les lui envoie pas.

Des nouvelles sans destination immédiate, juste pour lui parler, lui raconter les surprises qui nous attendaient ici, en italien, car c'est dans cette langue que nous nous parlons et que je sais écrire.

Je quitte la fenêtre, sors mon carnet et un crayon de ma valise et, allongée sur le parquet de la chambre, je commence une lettre qui me prendra tout l'été.

Ma main est lente et appliquée. *Cher Lorenzo.* Les mots ne viennent pas. Je mords le bout de mon crayon. Que dire à mon petit camarade ? Je me rends compte que nos conversations ont toujours été très simples, alors qu'ici, il se passe des choses bien compliquées.

Cher Lorenzo,

Je suis arrivée au pays des vacances (je traduis) *, mais j'ai l'impression que cette année les vacances, c'est raté. Nous sommes enfermés dans une grande villa. Pas un chat. Les propriétaires, avec qui nous devions passer deux semaines agréables sont partis. Nous ne savons ni où, ni pourquoi, ni quand ils reviendront. J'espère que tu vas bien et que ton séjour au Frioul ne te réserve pas autant de mauvaises surprises. Je t'en dirai plus demain. Pour le moment, je t'embrasse bien fort.*

Lila

***

C'est l'heure du déjeuner. Nous avons fait un brin de toilette à l'eau froide de la salle de bain située sur le palier des chambres d'amis. Maman s'est fait une beauté et a enfilé sa plus belle robe comme si elle devait déjeuner avec des invités de marque. Nous aussi, elle nous a habillés. Moi, avec la robe à fleurs en organdis, bordée de rubans de velours rouge à l'ourlet et au bas des manches et Jean, avec la chemise blanche et sa culotte courte de coton bleu. Et c'est ainsi parés que nous sommes descendus à la cuisine par l'escalier de service, armés de la lampe de poche. La Pina nous a servi le risotto à un bout de la table qu'elle a spécialement apprêté pour nous, tandis que le Landin' a pioché dans son assiette à l'autre bout, près de la cuisinière. Que c'était absurde ! Maman lui a proposé de se joindre à nous, mais il a refusé avec un sourire gêné. Nous appartenons à deux mondes différents.

Apparemment, la Pina ne manque de rien. Elle nous a préparé un véritable festin. Le risotto est suivi d'un poulet grillé, de légumes du jardin, de pêches, d'abricots et d'un *pan d'oro*. Les paninis sont frais. Rien qui rappelle la guerre. À part l'enfermement.

Pourtant, les heures de captivité dans notre chambre rose sont plutôt plaisantes. Par les persiennes closes destinées à éloigner l'œil des curieux et des ennemis cachés dans la nature passe un filet d'air caressant qui nous protège de la chaleur étouffante de cette fin de juillet. Couchée sur le grand lit capitonné de soie rose, je suis des yeux les guirlandes de roses roses bordant le haut des murs tapissés de papier rose, sous les lambris dorés du plafond, les roses sculptées sur les portes de l'armoire et sur les tiroirs de la commode et les roses fraîches dans les petits vases en porcelaine posés sur les chevets. Nous sommes dans un jardin fantastique de roses. Je compte les roses et m'endors à côté de Jean qui, trop heureux de profiter du grand lit, s'est endormi depuis longtemps. L'alcôve avec le lit des enfants restera inoccupée jusqu'à l'arrivée de papa.

Calée dans un fauteuil, maman lit un livre. Nous faisons la sieste jusqu'au souper. Jean, apparemment mort de fatigue, fait sa nuit en plein jour. Quant à moi, j'essaie à plusieurs reprises d'ouvrir un œil, en vain, le sommeil me tient, je suis en proie à des rêves effrayants. Des hommes en armes forcent la porte de la chambre pour nous embarquer. Ils sont aussi grands que la porte et aussi vrais que cette porte est porte. Les roses, armées de pics, se lèvent pour nous attaquer, piégés dans notre coffre-fort tendu de tissu rose. Et entre les roses et les hommes en armes, c'est un véritable champ de bataille. Je m'agite, je me débats, j'ai le souffle court.

Quand, à mon grand soulagement, j'arrive enfin à ouvrir les yeux, je vois maman dans son fauteuil, le livre posé sur ses genoux, en pleine réflexion. Elle doit avoir une idée. Que nous prépare-t-elle ? Elle ne parle pas, sauf pour nous signaler que c'est l'heure du dîner. Nous descendons à la cuisine par le sombre escalier et quand nous remontons après le dîner par le même chemin, elle nous dévoile son plan :

Nous allons attendre un peu. Puis, nous descendrons sur la pointe des pieds et pas un mot. Vous savez vous taire, n'est-ce pas ?

— *Bien sûr, maman,* répondons-nous d'une seule et même voix, tout excités.

À la nuit tombée, comme le temps s'est rafraîchi, nous enfilons des gilets et descendons, la main sur la bouche. Arrivés près du logement du gardien, maman tend l'oreille en nous plaquant contre le mur, puis, avec d'infinies précautions, ouvre la porte de sortie et nous pousse dehors. La place devant les écuries est déserte. Du village en contrebas, avec son café et son *circolo,* émanent des bruits de voix d'hommes jouant à la mourre. Il faut descendre cent marches le long du mur d'enceinte de la villa pour arriver au village *di sotto*. Le premier bâtiment sur la gauche au bas de l'escalier est la maison de la zia Giulia. Elle est coincée entre deux ruelles, derrière un espace couvert de vignes grimpantes éclairées par les lumières de la maison qui donnent aux grappes de raisin encore vertes des allures de lampions éteints. Ici règne la paix. Il n'y a pas de couvre-feu. On ne craint pas les bombes.

La boutique des *valigiai*, les fabricants de valises, se trouve sous les arcades du rez-de-chaussée du grand bâtiment, au milieu d'une enfilade de pièces où le zio Isidoro, mon grand-oncle, avait l'habitude d'entreposer les sacs de céréales dont il pratiquait le commerce en gros. Je n'ai pas connu le zio, mais on parle encore de lui comme d'un personnage. Issu d'une famille de grands propriétaires, il vivait du produit de ses terres qui faisaient le tour du lac de Varese.

Fières de leur origine et de leur nom, les petites-cousines d'Amico occupent les deux étages de la grande bâtisse dont toutes les pièces s'ouvrent sur deux longs balcons, à l'exception de l'énorme cuisine, accessible par trois marches, avec sa cheminée monumentale dans laquelle on peut s'asseoir et où trône à longueur de temps une zia en robe longue, à la taille imposante, qui tient de main ferme tout son monde. Les petites-cousines cousent et brodent, le petit-cousin Paolo est professeur à l'université de Milan. Il est aussi membre du trio – papa, le comte et lui – qui jouait autrefois dans le jardin de la villa du comte Albini.

Près de la zia se tient un jeune homme en uniforme vert, le petit-cousin que je ne connais pas. Il s'appelle Luigi. Du moins, c'est ainsi que le salue maman. La zia a du mal à se soulever. Elle tend sa main gauche, celle du cœur, à maman en souriant et dit : *ciao Aurélia*. Quant à nous, elle nous présente sa joue pour quémander un baiser. Ses cheveux gris coiffés en chignon frisottent autour de son visage rond. Elle est très belle avec ses rides du sourire qui ne lui servent pas. Pour le moment du moins. Une assiette vide est restée sur la table et dans la cheminée bout encore le minestrone.

Comme si elle avait deviné à qui la soupe était destinée, maman lui demande : *E Paolo come sta* ? (comment va Paolo ?) La zia fait d'abord la sourde oreille, puis elle passe la main devant son visage, en émettant un « *ma* » chargé de sous-entendus. Ne dites rien, ne m'en parlez pas, je n'en sais rien ou je n'ai pas envie de savoir, tout cela est contenu dans ce petit « ma ».

Paolo, le plus sympathique des petits-cousins, qui me faisait sauter sur ses genoux et me grattait le visage avec sa barbe en m'appelant « *bella tusa* » (belle fille), le petit-cousin joueur à quoi joue-t-il maintenant ? Mystère. L'air est lourd. Ça sent le secret. Paolo se cache. De qui ? Et de quoi ?

Luigi est un *alpino* tiré à quatre épingles qui, à la manière dont elle l'écoute et le regarde, fait l'admiration de sa mère. Il doit être venu en permission et est prêt à repartir dans ses hautes montagnes. Son chapeau à plume est posé sur la table. Jean est fasciné. Il s'en approche, le touche du doigt. Mais vite, Luigi le lui retire d'un air froid et dur et ne le lâche plus. Quelle différence entre lui et Paolo ! Je n'aime pas ce petit-cousin vaniteux et bien mis qui nous ignore, ou nous déteste.

Arrivent les petites-cousines, vieilles filles exubérantes. Elles adorent maman. Elles me caressent les cheveux avec des exclamations de joie et des compliments. Maria, la brodeuse, repart en courant et revient avec un petit paquet qu'elle me tend cérémonieusement. C'est un col de fin tissu blanc brodé par ses soins, de ses doigts fuselés. Maria est grande et mince. Elle a des mains de brodeuse, un nez aquilin, les cheveux noirs et longs tirés en arrière et noués dans la nuque toujours de la même façon depuis que je la connais, et qui ne lui donnent pas un air sec, mais distingué. Dans la pièce qu'elle occupe pour travailler à côté de sa chambre, il y a des livres sur une étagère et sous la table, des chutes de tissu dont elle me taille et coud des habits pour ma poupée. C'est ainsi que chaque année, quand nous faisons le tour des tantes de papa et rendons visite à la zia, comme il se doit, je cours chez Maria, dans sa boutique aux trésors. Elle aime ce qui est beau et parle un italien raffiné.

Avec les petites-cousines, nous parlons chiffons et oublions le chasseur alpin qu'elles considèrent un peu comme un intrus qui leur rappelle que la guerre existe quelque part en Italie, loin de leur village et de leurs activités quotidiennes. Ce frère qui a le visage froid de la guerre, moi aussi je préfère l'ignorer avant que son souvenir ne vienne hanter ma mémoire.

Cependant, quand nous quittons la joyeuse compagnie des petites-cousines, et que derrière nous montent les murmures des premiers *Salve Maria* du chapelet du soir, l'idée de Paolo caché on ne sait où me reprend. Des cachettes, il y en a partout et des menaces aussi. Des présences suspectes. Maman nous tire par les deux mains. Elle est nerveuse et semble inquiète. Jean pleurniche et moi je tressaille à chaque ombre qui bouge, même à l'agitation des feuilles dans les arbres qui dépassent de la muraille bordant l'escalier de cent marches où nous nous arrêtons à plusieurs reprises pour reprendre souffle.

***

Le mystère s'épaissit à mesure que les jours passent. À force de ne pas savoir comment remplir le temps, le temps se remplit de mystère. Nous sommes enfermés dans une magnifique villa abandonnée de ses maîtres, exposés à un ennemi invisible, coupés du monde extérieur dont nous ignorons tout. Notre séjour en ce lieu ressemble à une promenade dans un jardin merveilleux couvert d'herbe et de mousse douce à nos pieds dans laquelle nous nous enfonçons sans savoir ce qu'elle cache en dessous.

L'ennui nous gagne. Je passe des heures assise sur le lit à regarder les mouches voler et poursuivre des pensées sans queue ni tête. Jean, la tête posée sur les genoux de maman, se lamente et demande sans relâche : *quand est-ce que papa vient ?* Maman tente en vain d'arrêter sa rengaine avec les mots qui lui viennent à la bouche entre deux lourds silences. Elle a épuisé toute sa réserve d'histoires et de chansons. Elle est vidée. Elle se décompose. S'interroge, comme moi sans doute, sur le sens de notre confinement. Qu'avons-nous à craindre en sortant ?

L'attente de la fin de l'enfermement et de la délivrance qui devront coïncider avec l'arrivée de papa prend une épaisseur surnaturelle nourrie d'images inquiétantes, de cauchemars et de questions sans réponses qui m'empêchent de trouver les mots les plus simples pour écrire sur mes feuilles blanches des choses ordinaires, faute d'évènements particuliers à raconter. Les seuls évènements dans notre vie de reclus sont les repas préparés par la cuisinière, les changements de couleur des pâtes et du risotto, les variations entre le minestrone et la *pastina*, les légumes et les fruits du jardin, enfin les gâteaux qu'elle nous confectionne avec la farine qui semble ne pas manquer. Quant aux évènements sortant de l'ordinaire, il ne faut pas compter sur notre cuisinière pour nous les rapporter. Il y a bien parfois une information lancée au vol dans une phrase jetée au hasard et aussitôt ravalée comme si la brave femme en savait plus long qu'elle ne voulait nous faire croire.

Elle nous sert discrètement et en silence dans cette maison silencieuse, privée de ses habitants mais bien qu'elle soit très prudente, elle n'a pas tout prévu pour garder ses secrets. Un jour, une petite lumière s'est allumée à son insu sur ce qu'elle nous cachait, certes pas par malice, mais probablement pour ne pas nous effrayer, et ce jour-là j'ai pu écrire :

Cher Lorenzo,

Aujourd'hui, j'ai des choses à te raconter. Tu ne vas pas le croire, mais je viens de découvrir pourquoi ils sont partis. Je suis descendue à la cuisine pour le goûter et j'ai trouvé la Pina en train d'écosser des haricots pour le minestrone du soir. Elle chantonnait et ne m'a pas entendue m'approcher. Je lui ai proposé mon aide. J'aime écosser les haricots. J'adore faire sauter les grains dans le bol. « Ils viennent de la zia ?" lui ai-je demandé, sachant que la zia en a des masses dans son jardin. « Tous nos légumes viennent de la zia », m'a-t-elle répondu. Ils étaient enveloppés dans du papier journal et c'est là qu'un titre en caractères gras a attiré mon attention : La disparition du comte Cesare Albini avec femme et enfants. Les membres du CLNAI (Je ne sais pas ce que c'est, mais j'ai bien retenu ces cinq lettres) poursuivis par les fascistes. Les fascistes évidemment je n'y avais pas pensé. Il paraît que quand ils vous attrapent, ils vous font avaler de l'huile de ricin additionnée d'huile de moteur pour se débarrasser de vous. J'ai vu le nom du journal : Il Popolo. Je n'ai pas réussi à lire la suite car dès que nous avions fini d'écosser les haricots, la Pina a froissé le journal et l'a jeté dans la cheminée. Maintenant, je suis curieuse de savoir qui lit Il Popolo chez la zia Giulia. Serait-ce Paolo ?

Excitée par ma découverte j'ai couru en faire part à maman. Celle-ci m'a déclaré qu'elle ne connaissait pas ce journal. Puis gagnée par mon excitation, elle m'a promis d'aller faire parler la Pina. À présent, je suis bien curieuse de connaître les secrets qui nous entourent. À bientôt pour la suite, mon cher ami.

Lila

Le lendemain, nous sommes descendues bien avant l'heure du déjeuner pour tenter notre chance. Ce n'était pas facile de faire parler la Pina. À nos plus simples questions, elle répondait par des silences obstinés ou par des réponses fuyantes. Il Popolo ? Connais pas. Paolo ? Où se cache-t-il, celui-là ? Dehors ? Qu'y a-t-il dehors ? Des loups, des bêtes sauvages ? Muette ou évasive, notre cuisinière ne se livrait pas. Ce fut le risotto qui nous sauva.

Après les préliminaires de rigueur – faire revenir les oignons dans l'huile d'olive, verser le riz en pluie dans la casserole, ajouter une pincée de safran, quelques gorgées de vin blanc et une première louche de bouillon de poule –, elle s'était mise à tourner le riz avec la grande cuillère en bois. Et voilà qu'elle fut soudain prise d'un accès de lyrisme délirant. À la gloire du comte Cesare qui aimait tant son risotto au safran. Ce grand homme, ce soutien de la chrétienté, cette voix du peuple italien qui s'élevait au loin. Au-delà des frontières peut-être mais qui résonnait dans toutes les oreilles qui voulaient bien l'entendre. Il reviendra le comte et il gagnera. Il vaincra le tyran. Le fascisme, c'est fini. Le Duce, c'est fini. Le Duce doit mourir. *Deve crepare la brutta bestia.* La sale bête doit crever. Et *fuori i fritz !* Dehors les fritz. À ces mots, elle fit des gestes de la cuillère comme pour chasser les mouches et son visage s'empourpra. Le rouge lui monta aux joues marquant sa profonde adhésion au mouvement caché de résistance de l'Italie entière au mal dont elle souffrait.

On aurait dit en la voyant ainsi, sortie du silence et de l'ombre, qu'elle était engagée, elle aussi, dans le mouvement.

Le mystère s'épaissit. La suite se fit attendre.

***

— Dis, maman, c'est quoi un communiste ?

— Pourquoi me poses-tu cette question ?

— La Pina a dit l'autre jour que le père de Carletto, le garçon qui travaille chez son mari et leur fait les courses, était communiste, mais que tant pis, Carletto était quand même un brave garçon. Alors c'est quoi un communiste ?

— Je n'en sais rien, répond maman qui a l'air de ne pas avoir envie de s'empêtrer dans des explications futiles. Mais peut-être ne sait-elle vraiment pas ce qu'est ce genre d'individu propre à ce pays et dont il faut apparemment se méfier comme des voleurs, ou comme des vipères, ces petites bêtes venimeuses cachées dans la nature.

Les vipères… Rien que d'y penser, j'ai froid dans le dos. Je me souviens avec effroi de ma rencontre avec une de ces bestioles. Je la vois encore comme si c'était hier. C'était au cours d'une promenade avec Jacques, mon grand frère, au cimetière de nos ancêtres près du lac. Nous marchions entre les tombes, le nez en l'air, profitant du beau temps, quand Jacques s'est brusquement arrêté, m'a attrapée par les épaules et m'a chuchoté d'une voix blanche : *Bouge pas* ! Cloué sur place, il regardait un serpentin grimper avec souplesse sur une pierre tombale, s'arrêter un instant en dressant sa tête triangulaire sur la dalle ensoleillée de la tombe, puis monter langoureusement sur la croix et, arrivé au sommet, disparaître dans les hauteurs.

Tu ne dois jamais bouger devant une vipère, m'a-t-il intimé à la suite de cette étonnante scène. *C'est la meilleure façon de te protéger. À la rigueur, si tu es rapide et fort, tu peux lui écraser la tête avec une grosse pierre ou lui taper dessus avec un bâton. Mais n'essaie pas de la chasser ou de t'enfuir. Car elle te mordra à coup sûr et t'injectera son venin.*

Depuis cet incident, malgré les sages conseils de Jacques, j'ai gardé une peur insensée des vipères qui fréquentent les cimetières, aiment les pierres chaudes et les hauteurs et qu'on peut rencontrer n'importe où sur son chemin.

L'Italie est aussi le pays des vipères. L'image s'impose, vu la situation dans laquelle nous nous trouvons. Le danger nous environne. Le même que celui qui a valu à nos amis Albini de partir sur la route en pleine nuit, qui nous menace aussi en tant qu'invités de la maison et dont nous ne savons rien.

Maman la guerrière meurt de ne pas réussir à percer le mystère de notre enfermement. Elle aime regarder le danger en face et intervenir au besoin. Elle s'est bien faite à l'occupation nazie, mais les fascistes ? Qui sont-ils, les fascistes, et que nous veulent-ils ? Elle ne sait rien d'eux. Elle déteste l'ignorance dans laquelle nous tient le gentil couple que la comtesse Elena a chargé de veiller sur nous, de nous décourager d'être trop curieux et surtout de nous recommander de ne pas sortir. Pourtant elle a reçu les clés de la porte de service et ne comprend pas pourquoi. Pour avoir un semblant de liberté ? Mais à quoi bon la liberté dans cet état de confinement et que nous réserve la sortie ? Maman n'aime pas les questions sans réponses et déplore son impuissance à combattre un ennemi inconnu. Aussi pourquoi, se lamente-t-elle, avoir été mêlée à tout ça alors que nous ne sommes que des visiteurs dans ce pays ?

Maman a perdu son sourire. Maman a perdu sa voix. Maman manque de mots pour nous réconforter. La menace d'une entrée en guerre de l'Italie aux côtés de l'Allemagne et notre inquiétude commune à toutes deux concernant notre propre sort abolissent la distance qui nous a toujours séparées l'une de l'autre. Nos deux continents se rapprochent, s'observent, se devinent derrière leurs frontières, derrière nos lourds silences. Jamais nous n'avons été aussi proches l'une de l'autre ni aussi malheureuses ensemble. Jean ne cesse de se lamenter sur l'absence de papa. Nous sommes trois âmes en peine. Trois malheureux qui descendent et remontent trois fois par jour un escalier raide et long comme un jour sans pain avec pour seule arme une lampe de poche et se traînent de la chambre à la cuisine et de la cuisine à la chambre. Nous sommes le trio le plus triste du monde, le mieux gardé et le plus sûr d'être à l'abri du danger extérieur dans cette belle maison hermétiquement fermée où le jour n'entre que par les fentes des persiennes.

Cependant, quand vient la nuit et que nous sommes plongés sans défense dans le noir, les visiteurs inconnus peuvent arriver comme dans un château hanté. Les épais murs bardés de portraits d'éminents ancêtres deviennent transparents et ne nous protègent plus. Nous sommes exposés à tous les regards. Les invisibles au long nez pointu viennent de tous les coins de l'auguste demeure et nous menacent de leurs ruses et leurs pièges. Je meurs de peur. Qui nous protégera d'eux ? À mon tour, je demande : quand est-ce que papa vient ?

J'écris à Lorenzo :

Cher Lorenzo,

Ce n'est plus drôle de chercher à savoir ce qui se passe ici. J'ai peur. Cette villa, avec tout son luxe et ses ancêtres accrochés aux murs, ne nous protège pas. Nous sommes dans une maison de verre. On peut nous voir de toutes parts. La nuit, malgré les gentils gardiens qui veillent sur nous, je m'empêche de dormir pour épier le moindre bruit. Et Dieu sait s'il y en a, des bruits, et comme ça bouge partout. Même les roses ne tiennent pas en place dans les vases, sur les tentures et sur la tapisserie. Tu crois que je plaisante ? Pas du tout. Je les ai vues, armées de pics, se jeter sur nous. Non, je ne deviens pas folle. C'est vrai. Je t'assure que lorsqu'il n'est plus possible de distinguer le vrai du faux, ce qu'on voit de ce qu'on imagine, il peut se passer des choses bien étranges.

* * *

Papa arrive un soir alors que nous sommes déjà couchés. Mon cœur bat la chamade quand, dans mon demi-sommeil, j'entends la porte s'ouvrir. Mais quelle bonne surprise ! Ce ne sont pas des hommes armés qui viennent nous embarquer, mais papa qui nous demande doucement de nous lever et nous aide à nous habiller. Il chuchote quelques mots à maman qui jette nos affaires dans les valises et nous descendons tous ensemble l'escalier dont nous connaissons désormais chaque marche et prenons la porte de sortie restée ouverte.

La voiture n'est pas là. Papa n'a pas pris sa Six grise, comme d'habitude, car il n'y a plus d'essence. Il est venu en train, puis il a fait à pied la distance qui nous sépare de la gare de Varese.

Le Landin' nous attend en face, au portail de l'écurie. Il a attelé une calèche. Il charge nos valises et nous aide à monter à l'arrière sous la capote, pendant que papa prend place sur le siège du cocher. Puis, le brave homme nous fait un bref signe de la main, une manière de bénédiction, et la calèche s'ébranle d'un coup de fouet discret. La descente vers le bas du village est abrupte. Papa freine le cheval d'une main ferme, puis doucement, il relâche la bride et le laisse courir à son aise sur la route plate en direction du lac. À part le désagrément des secousses à la traversée du passage à niveau, nous glissons dans le bonheur.

La nuit, éclairée par une lune rieuse, est tiède et calme. Le lac est une grande surface brillante, fripée par la brise, qui nous envoie sa fraîcheur et son parfum. Un parfum d'algues et d'essences des profondeurs, calmantes comme la chaleur de maman qui nous serre contre elle. Elle sourit et regarde droit devant elle le chemin de terre qui mène au village de pêcheurs où papa est né. Les étoiles filantes sillonnent le ciel. Je fais une pluie de vœux de bonheur jusqu'à ce que mes yeux se ferment et que je m'endorme, bercée par le crissement soyeux des roues et le rythme du trot.

J'aurais voulu que le voyage ne s'arrête jamais, que le sommeil qui m'emporte et que je savoure, tout en percevant vaguement les menus bruits qui accompagnent notre course silencieuse vers notre rendez-vous annuel, dure éternellement. Mais avant que la nuit s'achève, c'est le silence qui me réveille. Nous sommes arrêtés dans la cour de la maison qui m'est familière. Papa est debout près de la calèche, avec Antonietta en chemise de nuit, les yeux ensommeillés, qui nous tend les bras sans faire de discours, comme si nous nous étions vus la veille. Antonietta est la sœur de papa. Elle fait partie de notre vie comme nous de la sienne et nos visites font partie des choses naturelles.

Nous montons à l'étage des chambres par l'escalier extérieur qui coupe le bâtiment en deux. Une rangée de portes donne de chaque côté sur la terrasse couverte. Notre chambre contiguë à celle des parents est toute blanche, des murs aux lits en fer forgé blanc, eux-mêmes recouverts de jetés de lit blancs. Par terre, des descentes de lit en peau de mouton blanche couvrent les dalles de marbre rose, seules taches de couleur avec les chaises et la commode en bois foncé sur laquelle trône une Vierge Marie bleue. Nous plongeons sous les draps frais qui sentent bon la lavande. Papa et maman redescendent. Mais peu importe. Nous sommes chez nous.

L'Italie, ce ne sont pas, après la frontière, les gares peintes en rose, ni les maisons et les villas avec leurs parterres de fleurs et leurs palmiers, ni même la villa du comte Albini avec son luxe intérieur et ses jardins somptueux. Pour nous, l'Italie, c'est ici, dans cette grande bâtisse à arcades et colonnades, avec sa terrasse couverte, sa cuisine et ses pièces du rez-de-chaussée où l'on entre directement de l'extérieur et sa cour ouverte où il n'est point besoin de portail pour entrer ou sortir. C'est tout un monde qui se retrouve en toute liberté.

Antonietta est populaire. Elle est la maîtresse d'école du village et papa, le fils parti qui a réussi.

Autrefois, la maison construite par l'arrière-grand-père était habitée par une nombreuse famille vivant du revenu des produits de ses terres situées autour du lac de Varese. L'arrière-grand-père disparu, les fils, ne parvenant pas à se mettre d'accord sur le partage de l'héritage, se sont dispersés, après avoir monnayé chacun sa part.

Mon grand-père paternel, parti en Alsace avec sa famille, a hérité de cette maison où il est rarement revenu. C'est maintenant la maison du Bon Dieu. Antonietta en est la gardienne, mais elle n'est jamais seule. Vieille fille célibataire, heureuse de son célibat, elle ne s'ennuie jamais avec tous ces cousins, cousines et amis qui viennent la voir régulièrement et posent leurs sacs pour quelques jours et, parfois, pour bien plus longtemps. Au fond de la cour donnant autrefois sur les champs, son frère Enrico, qui travaille à Milan, dans le bâtiment comme papa, s'est fait construire une superbe villa pour sa famille milanaise et en a interdit l'accès par un lourd portail de fer.

L'oncle Enrico a une barque amarrée au bord du lac. Le matin, nous partons tous les quatre pêcher avec lui, croisant sur le chemin les pêcheurs, les vrais, qui sont sortis bien avant nous. Pour papa et l'oncle Enrico, c'est une occasion de se retrouver et de s'entretenir des derniers évènements, de la nouvelle tournure qu'a prise la guerre. Ils se parlent sans relâche, même pendant qu'ils pêchent, quitte à perdre quelques gros poissons, qui sont plus malins que les petits. À nous donc les petits poissons ! Quand nous rentrons à midi avec une abondante pêche de goujons, les rues du village sentent déjà la friture.

Enrico rentre chez lui les mains vides : sa femme dédaigne le menu fretin. Papa, par contre, nettoie ses petits poissons avec soin, sous l'œil attendri de la vieille Rosa, la cuisinière, qui fait partie des murs, et s'amuse à les faire frire dans la poêle.

La femme d'Enrico, nous l'appelons Bella, non pas parce que c'est son nom, ni parce qu'elle est belle, ce qu'elle est du reste, mais parce qu'elle s'exclame devant moi avec des « bella, bella, bella » auxquelles je ne crois d'ailleurs pas car cette suite de compliments semble sortir tout droit de son vocabulaire de mondaine et je n'apprécie pas non plus ses invitations à dîner.

Ses enfants m'intimident, surtout Anabella qui a beaucoup changé depuis l'été dernier et est devenue une jeune fille très prétentieuse. Ce sont de vrais citadins qui méprisent les campagnards et les petits étrangers comme nous. Mais c'est grâce à eux que je viens de faire une découverte importante qui à la fois m'attriste et me donne un sentiment de légèreté incroyable. Je suis une étrangère ici, tout comme je le suis en Alsace. Française en Italie et italienne en France. Je n'ai pas de vrai pays. J'ai deux pays, c'est-à-dire aucun. Mais j'ai quelque chose qui dépasse les frontières et ce quelque chose est là, dans le salon de ma tante Antonietta.

Par la fenêtre ouverte, j'entends une envolée de sons. Je suis dans la cour avec une de ces cousines éloignées qui me montre son bébé. La jeune madone à l'enfant ne fait pas attention à la musique. Elle est en extase devant son fils. Mais moi, fascinée par l'harmonie des sons, je m'approche de la fenêtre et vois ma tante assise au clavier, qui balance la tête suivant le va-et-vient de ses doigts. Elle ne me voit pas. Elle regarde au loin, à l'intérieur des sons qui forment un nuage invisible au-dessus de sa tête. C'est un monde sans heurts, sans barrières ni frontières, qui se crée au fil du jeu et s'évanouit quand le jeu cesse. Alors Antonietta me regarde. Elle a compris que j'étais là, mais n'a pas voulu se laisser distraire. Dans son regard subsiste un flou comme lorsque je lève la tête après une page d'écriture.

Je n'ai peut-être pas de pays. Je suis une étrangère ici comme ailleurs, mais j'ai une patrie, bien plus vaste que cette terre où les hommes se font des nids fragiles. Dans ma patrie, il n'y a pas d'avions. Il n'y a que les sons qui font des arabesques dans le ciel et les mots qui tracent des chemins invisibles entre les hommes.

Dans ma patrie, il n'y a pas de guerre.

***

Cher Lorenzo,

Ce matin, le docteur est venu. Maman est au lit. Tante Antonietta m'a dit qu'elle était enceinte. Ceci n'a rien de grave, mais ce qui est ennuyeux, c'est qu'elle a pris froid à la promenade du soir et qu'elle a beaucoup de fièvre et ce n'est pas bon pour le bébé. Nous prenons nos repas seuls à la cuisine avec la Rosa qui est très gentille. Mais elle ne remplace pas maman.

Je pense que les vacances, c'est fini. Dès que maman sera remise, nous rentrerons en Alsace.

P.S. J'apprends à lire les notes de musique avec ma tante et je joue plein de quatre mains avec elle. C'est excitant.

Est-ce la magie de la musique ou l'enfant qu'elle porte dans son ventre qui a provoqué l'incroyable explosion de tendresse chez maman ? Quoi qu'il en soit, j'étais si peu préparée à cet évènement qui a failli tout gâcher entre nous et auquel j'ai réagi avec une telle violence intérieure que je m'en veux encore aujourd'hui de ma réaction. Maman m'a ouvert son cœur et je l'ai rejetée. Stupidement, à cause d'un geste déplacé. Je montais la voir après avoir joué du piano dans le salon de ma tante et je lui ai posé la question rituelle : *C'était bien ?* Et elle m'a répondu en souriant : *C'était magnifique.* Alors, je me suis approchée de son lit et, dans un élan de tendresse, elle a posé une main sur mes fesses en me serrant fort contre elle et m'a dit d'une voix sourde : *Tu es ma petite fille.* Choquée par ce geste inattendu d'affection et cette voix sortie du gouffre du cœur, je me suis dégagée de son étreinte comme une ébouillantée et me suis tenue à l'écart, le regard fixe, sans dire un mot mais pensant si fort qu'elle aurait pu entendre mes pensées. Pourquoi me dis-tu ça, maman, dans la douleur, comme un aveu inavouable, comme si je ne savais pas que je suis ta petite fille ? Et pourquoi n'as-tu jamais trouvé les moyens de me le dire avant, dans la joie ? Je suis une grande fille maintenant et je n'ai plus besoin de ça. J'ai grandi à côté de toi, sur une voie parallèle. J'ai appris toute seule à goûter aux joies de la vie. C'est trop tard maintenant, trop tard pour les *mon bébé, je t'aime*. Je suis une grande fille à présent. Je vais bientôt avoir sept ans et je peux me passer de ces gestes et de ces mots périmés.

Les questions fusent dans ma tête sans véritables réponses. Pourquoi maman a-t-elle toujours été aussi sobre avec moi ? Aussi peu encline à la tendresse ? Était-ce pour ne pas faire la différence avec les autres membres du bataillon ou parce qu'elle ne m'avait pas désirée ? Et maintenant que voulait-elle ? Revenir en arrière ? Rattraper le temps perdu ? Compenser ses manques avec le petit plus que je méritais pour être la seule fille née d'elle ? Quoi qu'il en soit, elle a fait son devoir. Elle a pris soin de ma santé, bien que parfois avec un train de retard, elle m'a habillée dans les meilleures boutiques, fait fabriquer les plus belles robes par sa couturière, chaussée chez le meilleur chausseur de la ville. Pourtant, les courses, les essayages et les goûters chez Maître Jacques, le grand pâtissier en vogue, ne valaient pas un baiser, un mot doux, ni une histoire ou une chanson avant de dormir, ni les petites attentions que doit avoir une maman pour son enfant. Le soir, je me glissais sous mes draps comme un chat dans sa corbeille et le matin, je passais du lit à la salle de bain et de là à la cuisine où m'attendait le petit déjeuner préparé par ma grand-mère. Maman était déjà occupée ailleurs ou encore dans sa chambre derrière une porte fermée.

Maman est une femme d'affaires. Elle est belle et élégante et entièrement dévouée à son mari. Elle est aussi très populaire, aimée de tous sauf dans les administrations où on la craint. Papa est en admiration béate devant elle lorsqu'elle lui raconte ses victoires sur l'occupant. Elle a l'esprit guerrier. Quelques siècles plus tôt, elle aurait fait une parfaite Jeanne d'Arc. Elle est aussi très pieuse. C'est elle qui m'a appris à réciter mes prières, bien qu'elle ne m'emmène jamais à l'église. Le dimanche, elle va à la dernière messe en ville avec papa, tandis que nous, les enfants, allons à l'église du village. En rentrant, nous aidons grand-mère à préparer le repas du dimanche, car Marisa est en congé ce jour-là. Grand-mère et Madame Pradal, la repasseuse, en savent plus sur moi qu'elle, grand-mère parce qu'elle voit et devine tout, Madame Pradal parce qu'elle pense à chacun de nous en repassant le linge de chacun. Je passe parfois des heures entières à la lingerie à regarder la Pradala – c'est ainsi qu'on l'appelle familièrement – repasser. La Pradala a des enfants et, chez elle, elle repasse aussi leurs affaires. Quelle chance ils ont, ses enfants ! Comme j'aimerais que ce soit maman qui repasse mes chemises et mes culottes en pensant à chaque endroit de mon corps qu'elles recouvriront. Maman ne me touche jamais sauf pour me refaire les nœuds de mes nattes ou réajuster ma tenue. Connaît-elle seulement la douceur et l'odeur de ma peau ?

D'après les annales familiales, c'est grand-mère qui m'a donné mon premier bain, car maman avait peur de toucher le petit être fragile qu'elle avait mis au monde. Après le premier bain, c'est encore grand-mère, et puis la bonne et les filles au pair qui m'ont lavée jusqu'à ce que j'aie su le faire toute seule. J'ai bientôt sept ans et je n'ai plus besoin de personne pour me laver, me coiffer, faire mes nattes, choisir mes habits et m'habiller. Les habitudes sont prises. À part les petites tapes de papa sur ma joue et les bras toujours ouverts de grand-mère, j'ignore les manifestations d'affection en tout genre.

Vais-je me prendre en pitié pour autant ? M'asseoir sur la chaise de la vieille Rosa devant la porte de la cuisine, pleurer et attendre qu'on vienne me consoler ? Personne n'y comprendrait rien. Nous sommes une famille exemplaire. Le problème est à l'intérieur, caché dans les relations secrètes entre maman et moi, installé comme un vautour dans le nid que je me suis fabriqué avec les brindilles tombées du grand nid familial. J'aurais voulu que les choses soient plus simples, plus légères, plus à ma taille. Et je rejette ces sentiments troubles enfouis dans le cœur de maman tout comme la menace cachée de la guerre dans ces villages paisibles.

Debout à côté du grand lit, je regarde maman et je hais mon injustice. Bien sûr, j'ai dû parfois user de beaucoup d'ingéniosité pour attirer son attention. Mais était-ce sa faute si elle était occupée ? Les affaires, la famille déjà composée, la guerre, n'était-ce pas tout cela qui l'avait tenue éloignée de moi ?

C'est dans le désœuvrement et la solitude que nous avons partagés dans la villa abandonnée de ses maîtres que nous nous sommes enfin trouvées en dépit de la distance qui nous avait séparées. Je l'ai vue d'un regard neuf, tel qu'elle m'apparaissait vêtue de ses plus belles robes pour descendre à la cuisine où nous prenions nos repas et je me suis regardée telle qu'elle me voyait dans mes petites robes en organdis, jouant la comédie pour un public invisible. Je l'ai vue derrière les apparences quand nous cultivions, chacune pour soi, nos peurs et notre angoisse de percer le mystère de notre enfermement et je me suis regardée telle que j'étais : une copie d'elle. Malgré nos silences et à travers eux, nous nous sommes reconnues. Nous étions, comme deux complices, maîtresses de nos silences, plus éloquents que les plus grands discours.

Maintenant, je la vois au lit, les bras le long du corps et l'air absent. A-t-elle lu dans mes pensées ? Lui aurais-je fait de la peine avec mes critiques muettes ? Elle ne bouge pas. Ne parle pas. Pas un soupir. Pas une expression sur son visage trahissant une quelconque peine. À part une larme traîtresse captive au coin de ses yeux. Mais c'est peut-être la faute à la fièvre. J'ai bien vu cette larme stagnante que la fièvre a pu déposer au coin de ses yeux. Cette larme qui n'exprime rien. Qui ne fait pas couler d'autres larmes. Maman est muette. Ailleurs. C'est comme si je lui étais indifférente ou comme si je n'existais pas. Pourtant, ses paroles, tout à l'heure, chargées de tant d'émotion, m'étaient bien destinées. Elle a voulu m'ouvrir son cœur et je n'ai rien voulu savoir. J'ai repoussé ses avances et, plantée comme un piquet devant elle, j'ai pensé si fort qu'elle a dû entendre mes pensées.

Comme je l'ai accablée ! Sans doute, l'a-t-elle deviné ? Elle regarde au plafond et je crois que, dans sa tête, tout s'est arrêté. C'est fini. Elle a remis un cadenas sur son cœur et tant pis pour moi.

Moi qui me croyais trop grande pour certaines caresses, je sens des larmes d'impuissance me monter aux yeux. Je veux me rattraper, dire à maman qu'elle est belle, qu'elle est ma maman et que je l'aime, toucher son cœur qui m'a encore échappé. Mais je ne trouve qu'une question : *Crois-tu que ce sera une fille ?* Alors, son visage s'anime. Elle se déride et me sourit : *Tu voudrais vraiment avoir une petite sœur ?*

— Oui, pensé-je, une petite sœur grâce à qui je ne serai plus seule, avec qui je pourrai jouer et qui me révélera qui je suis. Peut-être un cygne ?

— Oh oui, maman, une petite sœur.

— Dans ce cas, il faut prier Dieu, car c'est lui qui décide.

J'ai envie de lui répondre *mais maman c'est déjà tout décidé*, qu'importe, je prierai Dieu quand même pour que la petite sœur qu'il a peut-être déjà mise dans son ventre arrive à bon port. Nous serons alors deux de la même espèce.

Je sors dans la cour et me mets à courir en tournoyant comme une feuille au vent. J'ai toujours aimé courir, dans la rue, dans les prés, sur les pentes, semer les traînards, arriver la première au bout du chemin. Je tournoie dans la cour en écartant les bras le regard dirigé vers le ciel. C'est grisant de voir le ciel tourner. Je tourne à en avoir le vertige. Tout tourne autour de moi. Je ne vois pas ma tante s'approcher et m'attraper un bras au moment où j'allais tomber.

***

L'après-midi, j'accompagne papa au lac. Papa porte Jean sur ses épaules et moi, je marche à ses côtés. Les épaules, c'est fini pour moi. Je suis grande désormais. Assez grande pour me voir dans la devanture du boucher et celles de l'épicier et du boulanger, et interroger la petite fille qui me regarde de ses yeux ronds, le visage entouré d'un halo tant ses cheveux sont clairs. Est-elle belle, cette fille-là ?

Je ne sais toujours pas si je suis belle, le lac ne me le dira pas non plus, ni aucun miroir d'ailleurs, car c'est toujours moi qui me regarde et je ne sais pas me juger. Un coup, je m'aime, un coup, je ne m'aime pas. Je voudrais qu'on me dise franchement : *Lila, tu es belle*. Il y a bien Paolo qui m'appelle *bella tusa* en me taquinant et Lorenzo qui me dévisage d'une drôle de façon et Marcellino qui me poursuit et m'attrape avec des ruses de Sioux et les professeurs de l'école italienne qui jettent des regards furtifs dans ma direction. Il y a aussi papa, toujours attentionné et silencieux. Ils semblent tous avoir les mots que j'attends au bout de la langue, mais les mots ne viennent pas. La seule qui aurait pu s'exprimer sans façon, c'est maman. Or, elle ne m'a jamais rien dit qui vaille et, de ce fait, moi non plus, je n'ai jamais pu lui dire : *Maman, tu es la plus belle !*

Jeannette est assise sur mon lit, sa robe violette déployée autour d'elle. Je lui ai retiré son bonnet à cause de la chaleur. Les yeux grand ouverts, elle sourit en laissant entrevoir deux petites dents blanches et la pointe de sa langue. C'est déjà un grand bébé. Elle ne parle pas, mais ferme les yeux quand je la couche. C'est l'heure de dormir. Je lui enlève sa robe, sa combinaison et sa chemise brodée par la cousine

Maria et la fourre sous le drap, vêtue de sa seule culotte. Jean dort déjà dans son lit. Maman s'est levée pour le border et l'embrasser. Elle m'a vue jouer avec ma poupée et m'a dit en déposant un baiser sur mon front : *Dors, toi aussi.*

Antonietta montera un peu plus tard pour nous souhaiter une bonne nuit et me trouvera couchée avec ma poupée dans les bras. Elle s'approchera de moi et me passera une main dans les cheveux. Je ferai semblant de dormir et profiterai de cet instant délicieux où les doigts de ma tante jouent dans mes cheveux avec la même douceur que quand elle touche le clavier.

Je suis heureuse ainsi. D'ailleurs, je n'ai plus besoin qu'on me rassure. Peu importe que je sois belle, bien que si maman est belle, je dois l'être aussi car elle m'a faite à son image. Peu importe que je sois aimée ou préférée, bien que les miettes d'affection qu'elle m'a jetées sur son lit auraient dû me rassurer. Peu importe les non-dits, les sous-entendus et les questions sans réponse. J'ai plus à donner qu'à recevoir. J'apprivoiserai le monde avec mes dons. Je parlerai toutes les langues pour communiquer avec la terre entière. Je ferai de la musique pour lire dans les nuages et j'écrirai pour dire à tous que j'existe et pour les aider à exister, eux aussi.

III
Un hiver noir

***

Cher Lorenzo,

Ça y est, nous rentrons. Je signe ma lettre, je la glisse dans une enveloppe, j'y colle un baiser et je la poste. J'espère qu'elle t'arrivera bien.

À bientôt,

Lila

Maman est remise de son influenza. Nous en profitons pour rentrer au plus vite en Alsace. Oncle Enrico nous conduit à la gare de Milan. Vue de jour, Milan n'est pas une ville morte telle que je l'avais imaginée le soir où nous sommes arrivés. Comme ses sœurs de l'autre côté des Alpes, c'est une mutilée de guerre qui montre ses plaies dans la lumière du jour. Milan occupée par les Allemands a été bombardée par les forces alliées. Nous roulons parmi les ruines. Les hommes en gris, toujours les mêmes, casqués, bottés et arrogants, marchent en rangs serrés dans les rues ou nous doublent dans leurs voitures décapotables ou leurs side-cars comme si la ville qu'ils occupent leur appartenait.

Cette guerre que j'aurais aimé ignorer a partout le même visage,

L'oncle est fier de ce qu'il a fait pour sa ville. Avec ses ouvriers, il a déblayé les décombres et commencé à reconstruire ce qu'il pouvait, comme papa à Mannheim, à Karlsruhe ou à Mulhouse. *Il fallait voir la Scala*, dit-il à papa. *Seuls les murs étaient restés debout. L'intérieur a été entièrement détruit. Il y en a pour au moins un an encore pour la remettre en état, s'il ne nous arrive pas une nouvelle catastrophe.*

Le train qui nous ramène en Alsace en passant par l'Autriche est rempli de militaires. On ne parle plus qu'allemand. L'italien et l'Italie sont derrière nous. De même que la paix de notre village de pêcheurs, le ciel et le lac bleus.

Nous nous enfonçons dans les montagnes sombres du Tyrol et dans un paysage gris de fin d'été. Pourtant nous ne sommes qu'au mois d'août. À la sortie des montagnes, le soleil brille et l'air est étouffant. Nous montons jusqu'à Strasbourg, côté Allemagne, pour redescendre vers Mulhouse et finir dans une gare totalement détruite. Nous apprenons que si nous n'avons pas pu passer par la Suisse, c'est parce que la voie ferrée reliant Mulhouse à Bâle était coupée.

Mulhouse a été bombardée. La ville a triste mine. Les alliés ont visé la gare et les installations ferroviaires et n'ont pas loupé le centre. Nous avons pu le constater en passant en tram entre les ruines encore fraîches. À la maison, c'est le désarroi. Dans sa cuisine, grand-mère s'insurge et prophétise : *Vous verrez, ce n'est pas fini.*

Après cette catastrophe, la mairie nous a distribué des masques à gaz que nous avons acceptés avec un mélange d'hilarité et d'appréhension. Ces engins bizarres à mettre sur le nez en cas d'attaque aérienne et qui nous donnent des airs de fourmis géantes de quels gaz nous protégeront-ils et d'où viendront ces gaz ? De l'air naturellement tout comme les bombes. L'air est infesté de gaz, paraît-il, plus meurtriers que les bombes. Le ciel est une menace perpétuelle. Les avions passent nuit et jour. Nous vivons dans la peur d'une nouvelle alerte. En effet, bientôt retentit la sirène. En plein jour. D'abord un son strident, puis un hurlement qui va en mourant et vous perfore l'estomac. Nous nous précipitons tous à la cave avec nos masques à gaz. *La belle affaire si les bombes nous tombent dessus !* entends-je quelqu'un ironiser. Bien que nous doutions de leur utilité, nous les emportons quand même, car sait-on jamais, ces drôles d'engins pourraient nous sauver la vie.

Cette fois, les avions sont venus en nombre. Ils remplissent le ciel de leur ronflement sinistre et font trembler la maison de haut en bas. Ils n'ont jamais été aussi nombreux. Nous sommes collés les uns aux autres et je crois que nous pensons tous la même chose. Sœur Madeleine et sœur Bernadette égrènent leur chapelet et je vois leurs lèvres bouger. Mes sœurs murmurent des prières, entourées de Marisa et de la Pradal, du trio de dactylos Denise, Solange et Cricri, et de Jacques qui, pour une fois, ne plaisante pas. Maman nous serre dans ses bras, Jean et moi, et prie tout doucement. Fräulein Kreiss, Omo, papa et les hommes se tiennent tout droit, bouche close. Ils cherchent, par leur silence, à nous rassurer, mais on sent qu'ils pensent tous que notre dernière heure est arrivée.

Nous attendons en priant, résignés et repentants comme de bons larrons, l'explosion finale... qui ne se produit pas. Les avions s'éloignent. Ouf ! Après toutes ces prières et ces repentirs de dernier instant, nous remontons meilleurs à la surface. Quant à papa, il a pris une décision. Il va fortifier la maison.

Contrairement à ceux qui désespèrent de voir la guerre finir, papa croit que la fin est proche, même si le pire reste à venir, car les Allemands sont toujours là et pour les déloger, les Français venant du Sud devront les repousser vers le Nord, dans notre direction. Et même si nous risquons d'y perdre la vie, papa est déterminé à résister. Il nous défendra jusqu'au bout. Il en a les moyens.

De gros murs de béton armé viendront entourer les fondations de la maison, quitte à priver le sous-sol de lumière. Le plancher du rez-de-chaussée sera renforcé de hourdis. Ainsi protégée, notre cave sera l'abri le plus sûr. Un véritable bunker. Et quand retentira la sirène, il n'y aura plus qu'à descendre un escalier.

Nous voilà donc prêts pour le dernier acte.

Dans la nuit qui suivit cette énorme frayeur, maman a perdu son bébé. C'était une fille. Il ne lui manquait plus qu'un petit peu de temps pour vivre, une dernière étape dans le ventre chaud de maman pour pouvoir ouvrir les yeux sur cet affreux monde.

***

Fin juillet, quand le moment était venu de rentrer en Alsace, papa avait eu l'air inquiet. De ses dernières conversations avec son frère, j'avais compris qu'à part l'arrestation récente de Mussolini suite au débarquement des alliés en Sicile, il y avait eu du nouveau dans le pays et que la guerre menaçait maintenant de s'étendre de la pointe du pied jusqu'en haut de la botte. *Tiens-moi au courant,* avait dit papa à Enrico en prenant congé de lui. Au retour, radio Beromünster s'était chargée de le faire. À la puissance des chuuts de papa à table pour nous imposer le silence, on pouvait deviner que c'était sérieux. Et lorsqu'il tourna le bouton de la radio pour nous autoriser à parler – mais en silence svp ! – il dit d'une voix grave : *Mussolini est sous les verrous. Le fascisme, c'est fini. Nous avons un nouveau gouvernement.* Message court à la manière de papa, auquel personne n'eut l'idée de répondre, ni maman, ni Fräulein Kreiss, ni, bien entendu, aucun de nous, les enfants. J'ai aussitôt pensé à l'école. Qu'adviendra-t-il de mon école maintenant que le Duce n'est plus ?

Malgré les conflits qui déchiraient le monde et les craintes que nous aurions pu avoir quant à notre propre sort, nous avons passé le reste des vacances dans les Vosges, à la ferme de la Klausmatt avec maman, mes frères et sœurs, tante Jeanne, la belle-sœur de papa, et nos cousins. La montagne nous a offert son calme et sa paix, ses baies pour les confitures de l'hiver, ses rituels et ses jeux et une impression d'éternel bonheur, alors que partout ailleurs, ce n'était qu'affliction et souffrances. Nous avons roulé sur le pré en pente, parcouru les sentes pour cueillir des mûres, ri et chanté et oublié la guerre. Seule maman ne partageait pas notre joie, nos chants et nos jeux. À peine remise de sa fausse couche, elle passait son temps allongée sur une chaise longue devant la ferme à bavarder avec tante Jeanne. J'aurais voulu m'approcher d'elle, la câliner, l'embrasser et lui murmurer : « Ne t'inquiète pas, maman, la prochaine fois tout se passera bien. Ce bébé tu l'auras. Maman, je t'aime, je t'aime… ». Mais les mots ne vinrent pas, ils ne sortirent pas de ma bouche et mes jambes ne bougèrent pas. Elles restèrent clouées au sol. Je ne trouvais pas le chemin qui conduisait vers elle. J'avais pourtant cru avoir touché son cœur en Italie, mais je l'avais rejetée froidement et maintenant tout était à recommencer.

Au retour des vacances en montagne, nous avons retrouvé un père toujours suspendu à radio Beromünster qui continuait à débiter, toujours sur le même ton, des Krieg et des Krieg accompagnés de noms barbares qui ne me disaient rien et que j'oubliais aussitôt. Par contre, quand surgissait un nom italien dans le train de mots du speaker, je le captais et le retenais jusqu'à ce que papa rompe le silence à la fin du repas pour le commenter autant pour lui-même que pour nous, public docile et silencieux assis autour de la table.

Je sus ainsi que Mussolini arrêté sur l'ordre du roi qui lui avait remis autrefois les pleins pouvoirs pour diriger le pays et contribué à son insu à la diffusion du fascisme en Italie, avait rapidement été libéré par les parachutistes de la Wehrmacht et qu'Hitler l'avait nommé chef d'une nouvelle république, la République Sociale Italienne de Salo. Cette république fasciste au service du Führer devait cohabiter avec le nouveau gouvernement formé par Badoglio à la demande du roi. Qu'actuellement, la Wehrmacht occupait Rome et une grande partie du pays. Comprenant que ladite cohabitation était impossible, le roi avait quitté la capitale et s'était hâté de déclarer la guerre à l'Allemagne, tandis que les alliés (anglais, américains et canadiens) débarquaient dans le Sud de l'Italie pour libérer le territoire de la dictature des nazis et des fascistes et que la guerre menaçait désormais de gagner tout le pays.

Les évènements qui se précipitèrent en ce mois de septembre 1943 nous firent craindre que la Scuola Italiana ne ferme ses portes. Mais il n'en fut rien. Le Duce était de retour sur la scène politique, à la tête de la République de Salo, rien ne s'opposait à ce que l'école continue. Tout était rentré dans l'ordre, sauf qu'il n'y avait plus d'ordre. En Italie, c'était la pagaille, alors que chez nous, dans notre petit monde, ce n'était qu'apparente paix.

La photo du Duce est toujours accrochée au mur. Nous avons un nouveau directeur, mais la Signorina Tosi est toujours présente avec son sourire maternel. Sa classe s'est renflouée de quelques nouveaux venus, plus jeunes que nous, élèves de deuxième année. Elle nous raconte toujours avec la même ardeur, tournée vers le passé, l'histoire de notre pays de livre d'images et, comme tous nos enseignants, nous donne l'illusion que tout va bien.

Les mauvaises nouvelles n'arrivent que par la radio, le soir au dîner et encore, au compte-gouttes. L'Italie passe au second plan dans cette guerre mondiale… On ne s'en soucie pas trop… jusqu'à ce que la voix morne qui sort du poste annonce que les Américains ont lâché des bombes sur un certain Monte Cassino. Et là, les oreilles se dressent et c'est dans un silence pesant que nous apprenons qu'avec le Monte Cassino, l'Italie est entrée, elle aussi, dans l'enfer de la guerre, alors qu'à la Scuola, rien n'a changé. Rien. Tout est comme avant. On ignore la guerre. On ignore ce qui se passe au loin… et même plus près.

L'ignorance nous sert de rempart.

L'ignorance nous protège de la guerre, tout comme du loup des bois.

L'ignorance aveugle. L'inconscience du danger, car nous ne sommes que des enfants. Nous n'avons pas peur du loup. Nous rions de lui. Comme dit la chanson, une vieille chanson d'autrefois, d'avant les Allemands : *Promenons-nous dans les bois pendant que le loup n'y est pas. Si le loup y était, il nous mangerait. Mais comme il n'y est pas, il ne nous mangera pas. Loup y es-tu ? Entends-tu ?*

— *Que fais-tu ?*

— Je mets ma chemise... Je mets mes chaussettes... Je mets mon pantalon... Je mets mes chaussures. Il est drôle ce loup. Nous ne voyons pas qu'il s'apprête à nous tuer. Qu'il va nous dévorer, comme la guerre qui a déjà la gueule grande ouverte.

Un beau matin de printemps retentit la sirène.

Au premier son, qui semble venir de très loin, comme du fond d'un boyau, la Signorina Tosi lâche sa craie sur le rebord du tableau et d'un air faussement calme – car elle aussi doit avoir été saisie aux tripes par ce timbre lugubre qui enfle jusqu'au hurlement – elle nous ordonne de nous lever et de gagner la sortie. *Vite Lila,* me dit-elle, *va rejoindre tes sœurs,* tout en poussant le reste de son petit troupeau devant elle.

Les grands sont déjà sur le perron quand je les rejoins, accompagnée de Lorenzo qui, dans la confusion, s'est accroché à moi et m'a pris la main. Maintenant, venant de tous les coins de la ville, les sirènes hurlent et déchirent l'air. Nous courons aux abris, tirés par Marie qui se demande un instant ce que Lorenzo fait là. Mais tant pis, *vite, vite,* nous crie-t-elle. Nous courons. Mes petites jambes et celles de mon compagnon ont du mal à suivre. C'est la bousculade à l'entrée de l'abri. Une foule haletante nous pousse dans le tunnel, car déjà le bruit épouvantable de centaines d'avions survolant la ville prend le relais des sirènes. *Pourvu qu'ils passent ! Qu'ils s'en aillent, plus loin, beaucoup plus loin.*

Nous sommes assis côte à côte sur l'un des bancs placés contre le mur. Un silence épais comme toutes nos peurs réunies plombe l'air. La porte est verrouillée. Je tremble de tous mes membres. J'étouffe dans ce tunnel sombre que les rares ampoules nues suspendues au plafond ne parviennent pas à éclairer. Lorenzo se serre contre moi. Il fouille dans sa poche et me fourre un gâteau dans la bouche pour me réconforter. Je pense à l'anniversaire. Ce jour-là, la maîtresse m'avait laissée sortir à l'heure du déjeuner, avec mes petits camarades de classe qui habitent en ville. Pour nous, les petits, l'école se termine à une heure, alors que pour les grands, elle continue jusqu'à quatre heures. D'habitude, après le déjeuner pris au réfectoire, je vais dans la salle des grands et, assise au fond, attends la fin de leurs cours en dessinant dans mon cahier. C'est très agréable. On me regarde. On me sourit. Même les professeurs, car les grands ont des professeurs, tournent régulièrement leurs yeux vers moi. Dans le miroir de leurs regards, je vois une belle princesse blonde. Lorenzo aurait-il raison ? Serais-je vraiment belle ?

En tout cas, ce jour-là, c'était mille fois mieux que dans la salle des grands. Nous avions fait la farandole, la classe des petits menée par Lorenzo, dans les rues de la ville. Arrivés chez lui, nous avions trouvé une maman souriante, pleine de baisers accueillants, qui nous avait emmenés à l'arrière de la boutique, une vraie caverne d'Ali Baba avec des salamis et des jambons accrochés au plafond, le sol encombré de sacs de farine, de polenta et de graines et, aux murs, des étagères où étaient alignées des boîtes aux étiquettes multicolores et des bocaux de bonbons et d'*amaretti*, ces délicieux petits gâteaux qui fondent dans la bouche, avant de nous introduire dans une pièce où la table était mise. Des paninis sur les assiettes, des carafes pleines de sirop rouge, des guirlandes, des serpentins, des chapeaux pointus, puis la *pasta*, le poulet, le gâteau avec sept bougies que Lorenzo avait soufflées d'un seul coup pour pouvoir se marier dans l'année, avec moi, bien entendu, et la bataille de confettis. Les bonbons à profusion et les fameux *amaretti*.

Maintenant, Lorenzo se serre davantage contre moi. Il a dû lire dans mes pensées. Il a l'air de tout savoir de moi. Mes sœurs, les mains entre les genoux, regardent par terre, terrorisées. Jacques est parti en éclaireur, je ne sais où, pour montrer qu'il est grand. Et puis, soudain, les murs tremblent, les ampoules clignotent et s'éteignent. On crie, je crie, je pleure. Le bras de mon compagnon entoure mes épaules et son visage s'approche du mien. *Ne pleure pas,* me glisse-t-il à l'oreille. Et comme je n'arrête pas de sangloter, il ajoute : *Quand je serai grand, je t'épouserai.* Malgré moi, l'envie de rire me prend. Ce Lorenzo ! Il est si drôle parfois.

Quand le calme revient et que la porte de l'abri se rouvre, Marie cherche ma main, tandis que Lorenzo file comme une flèche, comme après la classe. Au-dehors, on dirait qu'il ne s'est rien passé et tout paraît normal, si ce n'est la poussière qui flotte dans l'air. Le tram est arrêté. Il ne nous reprendra pas. Le conducteur est parti. Nous courons vers la maison qui est encore très loin. Nous sommes seules, mes sœurs et moi. Nous avons perdu Jacques dans la mêlée. Mais nous ne regardons pas en arrière. Nous ne pensons qu'à fuir le malheur qui s'est abattu ailleurs sur la ville.

Deux heures de marche forcée. Le soleil brille. Les arbres sont en fleurs. Maman, Omo et Fräulein Kreiss nous attendent derrière la grille du jardin, le regard tendu vers la route où nous arrivons en traînant les pieds qui nous font mal pour avoir tant marché. Elles savent déjà, parce qu'elles n'ont pas quitté le poste de radio, que nous avons échappé à la catastrophe, car c'est l'hôpital à l'autre bout de la ville qui a été touché. Rassurée de nous revoir, pleurant de joie, mais inquiète pour tante Jeanne qui vient d'accoucher à l'hôpital, maman se lamente : *Mon Dieu ! Pourvu qu'ils soient sains et saufs tous les deux !*

Jacques est rentré bien plus tard, après le dîner. En quittant l'abri, il a pris un autre chemin. Il a suivi les curieux qui avaient besoin de constater les dégâts et marché jusqu'aux quartiers en ruines à proximité de l'hôpital. *Il n'y a plus un allemand dans les rues,* proclame-t-il en arrivant à la maison.

— *Normal,* réplique grand-mère, *ils sont au chaud dans les casernes que les Américains ont ratées.* Grand-mère n'en veut pas aux Américains, elle en veut aux Allemands qu'elle n'aime pas, mais alors pas du tout, tous pareils, car tout ça, c'est de leur faute. Moi, j'estime qu'ils ne m'ont rien fait et quand ils ne sont pas ensemble, ils ne me font pas peur. Ils me sourient même dans la rue. Peut-être croient-ils que je suis une des leurs avec mes cheveux blonds et mes yeux bleus ?

Assise à la table de la cuisine en face de Jacques qui boit son bol de lait accompagné de tartines à la confiture maison, je regarde mon grand frère. Lui aussi est blond. Et il a les yeux bleus, contrairement à ses sœurs qui sont foncées et ont les yeux marron. Comme grand-mère. Enfin, grand-mère autrefois, avant d'avoir les cheveux gris. Un jour, elle m'a montré sa photo de mariage qu'elle garde dans son sac où elle range aussi sa pension de veuve. Elle était très belle à vingt ans, avec ses cheveux noirs, déjà coiffés en chignon au sommet de la tête, mais bien plus volumineux, magnifiques. Elle a un visage long au profil bien marqué, pas comme maman et moi, qui avons des traits fins et le visage rond.

Jacques me ressemble. Peut-être à cause de papa qui, sur la photo où il était enfant et tient à la main son canotier, a la boule à zéro couverte d'un duvet blond. Maintenant, papa a les cheveux frisés, très foncés, mais quand il était petit, il était clair comme Jacques. Ce doit donc être à cause de lui que Jacques a les cheveux blonds. Pendant que je l'écoute raconter ses aventures dans la ville en ruines, Jacques me sourit avec son air taquin. Une idée maligne me traverse l'esprit. J'ai envie de lui lancer une méchanceté : *Tu es un enfant trouvé. Tu ne ressembles à personne.* Mais je me retiens, car à part ses taquineries, il est le plus gentil des frères.

***

Neuf heures du soir. Les volets sont fermés. Les rideaux noirs tirés. Nous sommes à genoux dans l'obscurité, autour de la statue de la Vierge, installée sur un petit autel dans le couloir de l'étage. Marie tient en main un chapelet et commence *Ich glaube an Gott* – Je crois en Dieu. Mes sœurs vont au catéchisme à la maison paroissiale et prient en allemand. J'ai froid, non seulement parce que l'hiver est arrivé et que la maison est mal chauffée, mais parce que la récitation des prières dans cette langue étrangère me glace. Les prières que j'ai apprises en français avec maman qui communique avec le ciel dans la langue de sa première communion, celle de son missel gravé à ses initiales de jeune fille et qu'elle utilise toujours malgré les interdictions, ces prières que je connais bien, récitées en allemand, me plongent dans un monde froid et hostile.

Depuis que les avions ne cessent de nous survoler et que nous devons observer le couvre-feu, papa a insisté pour que nous récitions le chapelet avant de nous coucher, comme cela se pratique dans les vieilles familles italiennes. C'est à nous, les enfants, les cinq, Jean ne comptant pas car il est décidément trop petit, qu'on a passé le flambeau. Nous prions pour toute la maison. Papa et maman se retirent dans leur chambre. Grand-mère reste dans sa cuisine et attend que nous soyons tous couchés. Je crois qu'elle ne sait pas prier.

Les débuts de la récitation sont téméraires. Nous démarrons en force, moi comprise, répétant comme je peux les mots étrangers. Mais petit à petit, les voix faiblissent, les ronrons des dizaines de *Gegrüsset seist du Maria* (Je vous salue Marie) nous bercent. Nous luttons contre le sommeil. Après quelques sursauts, le sommeil nous emporte. Marie seule tient bon et va jusqu'au bout... le meilleur moment, quand le silence revient et que nous gisons à terre dans la paix des anges. À mon âge, faire tout le tour du chapelet en récitant les prières est un acte de bravoure. Lorenzo n'en fait pas autant. Avant de dormir, il se contente de faire le signe de la croix avec sa maman et de réciter une courte prière à son ange gardien et au petit Jésus. C'est bien assez. Alors pourquoi faut-il que nous récitions chaque soir tous ces *Gegrüsset seist du Maria*, sans compter les *Vater unser* (Notre Père) et les *Ich glaube an Gott*? Malheureusement, nous saurons bientôt pourquoi.

Cette nuit, une fois couchée, je ne trouve pas le sommeil. J'entends les sirènes hurler sans trêve dans ma tête. Épuisée, je plaque mes mains sur les oreilles et je crie. Ma sœur Marie endormie dans le lit d'à côté se réveille. Elle se lève en titubant et vient me chercher. *Viens,* dit-elle. *Viens dormir avec moi.*

Je ne résiste pas. Je me coule dans ses draps. Elle me prend dans ses bras. Je sens la chaleur de son corps contre le mien. Marie est une grande fille. Elle a des seins et je ne sais quoi sous sa chemise fine, alors que moi je suis plate sous mon pyjama et sans mystères. Elle me serre plus fort dans ses bras et je crie : *Non Marie, laisse-moi.* Je me libère et me réfugie au bord du lit. Mais elle revient, me prend la main et la fourre sous sa chemise, sur ses courbes et ses mystères. Surprise par la douceur inattendue de sa peau à l'endroit secret qu'on ne montre à personne, je retire ma main comme une ébouillantée, je me retourne et me mets à pleurer en silence des larmes amères. Moi qui croyais trouver refuge et consolation auprès de ma grande sœur, je suis bien déçue. C'est le monde à l'envers. Qui a besoin de qui dans cette affaire ? Je réintègre mon lit. Je n'aime plus Marie. Je trouve la vie affreuse et quand je m'endors enfin, je rêve que la maison s'écroule.

Dans la famille, Marie occupe une place de choix. Elle est tout en haut de l'échelle des enfants, juste derrière papa. Marie est l'aînée et l'aînée est sacrée. C'est elle qui nous emmène à l'école, qui récite le chapelet jusqu'au bout car elle est consciente de son devoir. Elle qu'on cite en exemple et qu'on écoute quand nous autres, nous devons nous taire. Jusqu'à présent, elle était ma grande sœur. Maintenant, elle n'est plus que le souvenir de cette sensation étrange qu'elle m'a fait éprouver au bout des doigts, que je ne parviens pas à oublier et dont je ne peux parler à personne, pas même à grand-mère, car je ne sais pourquoi j'en ai honte.

Le lendemain, je refuse d'aller à l'école. Voyant ma tête, maman n'est pas longue à convaincre. Je reste au lit sous les couvertures. On m'apporte des tartines à la confiture, car je déteste le beurre, avec une tasse de lait chaud. C'est tout ce que j'arrive à avaler. Je triche avec ma faim, ou joue avec l'envie de me laisser mourir de faim, de m'en aller roulée dans ma couverture vers un endroit où il n'y a pas de sirènes, parmi les anges où m'attend la petite sœur que maman a perdue avant l'heure, avec qui j'aurais pu jouer et ne plus me sentir seule de mon espèce.

Une vague de frissons court sur mon dos quand j'entends Marie rentrer de l'école. Je ne veux pas la voir ni l'écouter réciter le chapelet. Je me bouche les oreilles et lorsqu'elle vient se coucher, je fais semblant de dormir.

Couchée dans le noir, ma gorge se serre. L'air ne passe plus. Je me dresse sur mon lit. J'étouffe. Je m'agite, je m'énerve, je siffle à chaque expiration quand mes poumons veulent bien lâcher un peu d'air, j'ai peur de mourir et j'appelle à l'aide. Marie se lève et appelle grand-mère. Les portes de nos chambres sont ouvertes. Celle de la chambre des parents est fermée et personne n'ose y frapper. Maman ne m'entend pas. Elle ne vient pas. Et pourtant, c'est elle que j'ai appelée dans ma détresse. J'avale la tisane bien sucrée que m'apporte grand-mère et, la tête appuyée sur deux oreillers, je m'endors enfin. Le lendemain, je ne me lève toujours pas.

Maman s'inquiète enfin de mon état. *Elle fait de l'asthme,* dit-elle, sans se demander pourquoi, soudain, cette maladie m'est tombée dessus. *Emmène-la chez le Docteur Werner,* dit papa. Le docteur soigne déjà Marie pour sa sinusite. Il lui enfonce des aiguilles dans le nez. Je l'ai vu lors du dernier rendez-vous où je les avais accompagnées, elle et maman. C'était horrible. Que va-t-il me faire à moi ? Quelle torture va-t-il m'infliger ? J'essaie en vain d'arrêter de faire de l'asthme. Tous les soirs, c'est pareil, j'étouffe et je crie au secours. Alors vivement la visite au Docteur Werner... qui, après m'avoir demandé d'ouvrir la bouche et l'avoir vaguement explorée avec son instrument, s'est gratté la tête et a déclaré calmement : *Ce sont les amygdales. Il faut les enlever d'urgence.* Maman parut rassurée par le diagnostic du docteur. Les amygdales, c'est peu de chose et c'est mieux que l'asthme. Une petite opération et le tour est joué. Et pourquoi ne pas prendre rendez-vous tout de suite ?

— Docteur, quand pourrez-vous l'opérer ?

Le docteur consulte son agenda et annonce : *Lundi prochain.*

— Dans trois jours ? demande maman.

— Lundi, oui, dans trois jours au Klösterle, chez les sœurs, à neuf heures du matin.

Nous voilà fixées. Maman repart tranquille. Ce bon docteur ! Quant à moi, je m'en vais morte de peur de ce qui va m'arriver dans trois jours et je pense à Marie. Marie, j'aimerais l'oublier, mais je n'y arrive pas parce qu'elle est ma grande sœur. Marie, j'ai fini plus tard par lui pardonner, même que j'ai pleuré sur elle, la croyant morte, quand nous avons joué Blanche-Neige au salon devant nos parents. Elle était Blanche-Neige, j'étais Simplet. Elle était si belle avec sa peau blanche et ses cheveux noirs, couchée par terre, que j'ai éclaté en sanglots. Merci quand même Docteur Werner pour votre diagnostic, car l'opération des amygdales a été ma chance.

L'opération des amygdales, ce n'est rien, effectivement, malgré la description atroce que m'en a faite Jacques. *On t'ouvrira tout grand la bouche avec un drôle d'appareil et tu ne pourras plus la refermer. Et puis, tu ne pourras plus rien avaler et tu mourras de faim. Tu verras si je n'ai pas raison. Pauvre sœurette ! Tu vois, moi, j'ai toujours mes amygdales et je vais très bien.*

Bien entendu, je le crois, il a l'air de tout savoir, même si je le soupçonne d'exagérer un peu, et je me rends à la clinique avec la peur au ventre. Mais là, comprenant que je ne pourrai échapper ni au médecin ni à ses assistantes, je m'abandonne à mon sort et oublie ma peur. Qui suis-je pour contrer les évènements ? Je me retire dans ma petitesse et curieusement, c'est elle qui triomphe. Ils sont tous adorables avec moi. Je m'endors sous le masque qui sent fort l'éther après avoir compté à peine jusqu'à 3 et je rêve que la terre est une grande roue de foire avec des nacelles remplies de gens de toutes les couleurs, des blancs, des noirs, des cafés au lait, des jaunes, des rouges, des noirs peints en bleu, des jaunes peints en blanc, des têtes de lune, des chapeaux chinois, des plumes d'Indiens, des pères Noël en manteau rouge couvert de neige. C'est la fête du monde.

Au réveil, c'est ma fête à moi. Ma gorge est en feu. Une grosse boule bloque le passage. Ma voix ne sort plus. J'ai soif et ne reçois que quelques gouttes d'eau pour humecter mes lèvres. Je regarde avec indifférence le flan qu'on me sert quelques heures plus tard sur un plateau d'argent.

Mais je rentre rassurée. J'ai conquis tout le monde ! À la maison, on me dorlote avec des bouillies qui devraient passer tout seul, alors que je peux à peine ouvrir la bouche. Je garde le lit, une écharpe autour du cou, les joues enflées et cette masse brûlante dans la gorge. Jacques a presque raison. Je ne me nourris plus, je n'ai envie de rien, pas même de mes albums à colorier, ni de mon livre de lecture. Mais j'ai des réserves en moi et je ne vais pas mourir. Je suis une rescapée. Et maman a enfin du temps pour moi.

***

J'ai été opérée des amygdales entre deux bombardements à la clinique de la rue du Bourg où je suis venue au monde sept ans plus tôt, dans le calme d'une nuit d'hiver. La sœur qui assistait au travail en tricotant à côté de maman avait eu le temps de me fabriquer un bonnet. Elle n'aurait certes pas pu en faire autant en ce jour de mai 44, vu l'agitation qui régnait dans les lieux. Les couloirs étaient bondés de malades, assis, debout, couchés sur des brancards. De femmes, surtout, transférées de la maternité du Hasenrain détruit par les bombes. Tante Jeanne avait retrouvé son fils, dans une corbeille ensevelie sous les décombres de la pouponnière. Ils étaient tous les deux indemnes, contrairement à d'autres qui avaient été blessées et n'avaient pas eu la chance de retrouver leur enfant et, entre les lamentations de ces malheureuses, les gémissements de celles qui devaient accoucher incessamment, les hurlements de celles qui accouchaient et les cris des nouveau-nés, il n'y avait plus de place pour le silence. Les médecins et les sœurs infirmières couraient dans toutes les directions pour porter secours aux cas les plus urgents. Opérée dans la précipitation et trop occupée par moi-même, je n'avais pas fait attention aux détails. J'étais dans ma bulle. Pourtant, le souvenir de cette misère est resté gravé dans ma mémoire.

Je n'ai pas terminé l'année scolaire. Mais réel ou imaginaire, mon asthme a disparu après l'opération. J'ai amplement profité de ma convalescence, savouré mes flans, mes semoules, mes compotes de pommes et les petits pains au lait faits par maman.

Il y a eu des alertes à la bombe, des courses à la cave, surtout de nuit, des moments d'angoisse, mais l'air passait par ma gorge et circulait librement dans mes poumons. Peut-être bien que le docteur Werner avait raison ! Peut-être aussi que ma guérison miraculeuse était due au fait que j'avais réussi à attirer l'attention de maman, à calmer les ardeurs provocatrices de Jacques, à exister aux yeux de Fräulein Kreiss (soulagée que nous l'ayons gardée après la rentrée des classes à l'école italienne bien que ne connaissant pas un mot d'italien) et de mes sœurs qui s'amusaient à me trouver de gentils surnoms d'animaux faisant référence à mes joues enflées.

Je ne suis donc pas retournée à l'école autant à cause des amygdales qu'à cause des bombardements. Les grands, eux, ont terminé l'année. Ils ont appris à vivre avec la guerre. Après le second bombardement, plus violent que le premier, qui a détruit la moitié de la ville, ils ont marché sur les ruines. Mais l'école toujours debout est restée ouverte quasiment jusqu'au bout.

Les alertes se multiplient, de jour comme de nuit. Le jour, c'est moins inquiétant, car la lumière du jour nous rassure et on se croit capable de maîtriser le danger, mais la nuit, c'est l'angoisse liée à un sentiment de totale impuissance.

Je ne m'habituerai jamais au hurlement nocturne de la sirène qui prend le pas sur les rêves et vous jette hors du lit. Pire encore, au sentiment d'urgence qui vous prend aux tripes quand la sirène se tait. Vite à la cave, tant qu'il est temps ! Les rideaux noirs et le manque de lumière, à part celle d'une bougie qui nous évite de trébucher dans les escaliers, me rappellent ces décors d'enterrement en Italie, sur la porte des maisons et des églises, et je nous vois marcher tous ensemble vers la tombe.

Le signal de fin d'alerte n'est qu'une illusion, car bientôt la sirène retentira à nouveau, Dieu sait quand, mais ce qui est sûr, c'est qu'elle retentira encore. Nous vivons dans l'insécurité constante et nous sommes perpétuellement aux aguets.

Fräulein Kreiss continue à organiser notre emploi du temps, à nous trouver des distractions et surveiller les devoirs qu'elle nous invente. Marguerite joue du violon, France du piano, parfois avec moi, Marie fait un stage de comptabilité au bureau.

Cependant, toutes ces activités, bien futiles, ne sont qu'un expédient pour vaincre le mal qui rôde. La nuit, quand les rideaux sont tirés et que l'obscurité envahit la maison, le mal revient en force et c'est l'attente angoissante de l'inattendu. Notre maison est comme une maison de papier exposée aux caprices d'une nature dégénérée, à une attaque inopinée de l'ennemi tout proche, à la menace des avions qui nous survolent pour se diriger, paraît-il, vers l'Allemagne voisine. Et si c'était sur nous qu'ils allaient lâcher leurs bombes ? S'ils se trompaient de cible ? C'est comme si on était couché dehors. On se tient le ventre et le mal ne passe qu'au petit matin.

Il y en a qui prétendent que les enfants sont capables de rire en toutes circonstances. Ce n'est pas le cas chez nous, nous ne rions plus, à part, peut-être Jacques qui s'amuse chez M. le curé. Nous sommes des enfants sérieux. Même le jour qui chasse le danger comme il chasse les fantômes dans un château hanté, nous vivons le drame de la guerre à travers les échos qui nous parviennent de toutes parts, de la radio, des passants, des visiteurs, des employés et des ouvriers qui rentrent en fin de journée de leur travail obligatoire pour le compte de l'occupant, qui savent que l'armée française s'approche et que la libération ne se fera pas sans mal. Ils le comprennent à la férocité avec laquelle ils sont traités par leurs maîtres du *Sturmführungsstab*. Ils préviennent. Mais que faire ?

Cette année, grand-mère ne rendra pas visite à son mari au cimetière. Je la trouve, assise à la table de la cuisine, buvant de la chicorée. Elle a l'air mélancolique. C'est la première fois depuis que le grand-père Georges est mort qu'elle n'ira pas à son rendez-vous de la Toussaint. Elle ne dit plus *l'année prochaine, quand je ne serai plus là, mais l'année prochaine, si nous nous en tirons.* Et je lui réponds : *Mais si, Omo, l'année prochaine, nous retournerons au cimetière, toi et moi.*

Je la comprends d'autant mieux que j'ai, moi aussi, une mort à pleurer : Jeannette, ma belle poupée. C'est allé si vite. Mon petit frère Jean, qui avait quitté un instant les genoux de maman, a profité de sa liberté pour faire des siennes. Il a pris ma poupée dans son berceau et, sans faire ni une ni deux, Dieu seul sait pourquoi, il lui a arraché la tête et l'a jetée dans le trou béant de la cuisinière pendant que grand-mère cherchait une bûche dans la caisse à bois. Impossible d'arrêter son geste. J'ai vu la tête de ma poupée se consumer dans les braises, se déformer et fondre. Grand-mère avait bien essayé de la récupérer avec le tisonnier. Mais c'était déjà trop tard. Trop tard. Oh, mon bébé adoré, ma belle Jeannette ! Comme tu vas me manquer ! Les yeux inondés de larmes de chagrin et d'impuissance, j'ai vu le petit meurtrier, houspillé par grand-mère, détaler, impuni, car il ne fallait rien dire à personne, surtout pas à maman, déjà trop fatiguée par sa nouvelle grossesse.

J'ai placé le corps mutilé de ma poupée, habillée de sa robe violette, dans ma petite valise et j'ai rangé la valise dans l'armoire de ma chambre en priant pour que ma poupée chérie repose en paix.

Maintenant, il ne me reste que mes poupons en celluloïd que j'habille de chiffons. Je relis mes livres de classe. Je colorie de nouveaux albums, rapportés de la ville par Fräulein Kreiss et je joue du piano – avec la sourdine – pour préparer ma surprise de Noël, un choral de Bach : « Jésus que ma joie demeure ». Papa m'a trouvé des tubes de gouache, mais je n'ai plus envie de peindre ni d'écrire. À quoi bon ?

Je n'ai plus de nouvelles de Lorenzo. Je ne sais même pas s'il a reçu ma longue lettre. Où est-il et que fait-il ? Serait-il retourné en Italie ?

***

Nous étions déjà bien isolés ces derniers temps. Fin novembre, nous serons coupés du reste du monde. C'est alors qu'arriveront la bonne nouvelle et la mauvaise. Les Français ont libéré Mulhouse, par une action rapide et téméraire rapportée à la radio, mais les Allemands ne sont toujours pas partis. Ils se sont retranchés derrière la Doller, la rivière qui coule à l'ouest de Mulhouse. Ils ont fait sauter tous les ponts et ne sont pas prêts à battre en retraite. Il paraît qu'ils attendent du renfort.

Les communications avec la ville sont rompues. La scuola a fermé ses portes. Fräulein Kreiss qui était rentrée chez elle, comme d'habitude, ne reviendra pas. De même que la Pradal qui habite dans la région cernée par les Allemands. À l'inverse, un groupe d'ouvriers venus chercher leur paie avant que les ponts ne sautent ne repartiront pas chez eux et ne pourront même pas prévenir leur famille, car le téléphone ne marche plus. Ils se sont installés dans le hangar et grand-mère a rajouté quelques patates dans la marmite.

Maintenant, entre les Français et nous, il y a les Allemands. Nous sommes à quelques kilomètres d'une ville en liesse qui fête la victoire autour des chars amis, et nous n'avons jamais été autant en guerre.

La nuit, c'est la sarabande des tirs de mitrailleuses, les sifflements, les explosions, les coups de canon qui ébranlent la maison. Notre forteresse va nous trahir. Je ne m'y fie plus. Les vitres tremblent. Les rideaux bougent, les éclairs zèbrent le ciel. Au-dessus de nous, c'est le roulement perpétuel des bombardiers qui passent. *Ce sont les alliés, nous répète papa, ils vont en Allemagne. Vous n'avez rien à craindre.*

Mais moi, je ne crois plus aux bonnes paroles, pas même à celles de papa. Et s'ils lâchaient leurs bombes sur nous ? Sans faire exprès ? J'ai vu des bombes attachées au ventre des avions. Elles pourraient bien se détacher sans faire exprès. Et si l'avion tout entier s'écrasait sur nous, frappé par les tirs d'en bas ?

Les cauchemars troublent mon sommeil. Je rêve de tempêtes, de foudre et de tonnerre, d'arbres déracinés, du grand platane bordant la route écrasé sur la maison. Je rêve de fin du monde. Je saute du lit, morte de peur, et cours vers la fenêtre. Me faufile sous le rideau noir et colle mon front à la vitre pour voir ce qui se passe au dehors et justifie ma terreur. Des jets de lumière blanche rasent le sol et montent au ciel en un feu d'artifice débridé, les tirs se croisent à quelques pas de chez nous, pas plus loin que dans les champs derrière le stade.

Je frissonne de la tête aux pieds. Je recule et me laisse entraîner par Marie dans le couloir où toute la famille est réunie pour la descente à la cave. Maman, enceinte jusqu'aux dents, se tient le ventre d'une main et s'agrippant de l'autre à la rampe, prend les marches d'un pas lourd. Elle peine trop à descendre. Ne vaudrait-il pas mieux que nous dormions carrément en bas ? Les tirs ne cessent pas. Nous nous rendormons sur le sol froid de terre battue, recroquevillés sous les couvertures.

Aidé de son frère, Franco, et des ouvriers confinés au hangar, papa cloue des planches pour nous fabriquer des lits : des crèches pour Jean et moi et des châlits pour les grands. Après le souper, nous descendons désormais tous les soirs dans nos appartements souterrains. Les enfants sont logés près de l'escalier, dans une pièce débarrassée des vélos et autres vieilleries et qui s'ouvre sur l'extérieur par une sortie camouflée dans le mur de fortification. Les parents ont leur lit à l'autre bout de la cave, sous le hall d'entrée de la maison. Dans le couloir central, un poêle à bois apporte un peu de chaleur à ces nuits longues et froides, éclairées à la lampe à pétrole.

Une seule tient bon, là-haut, contre la menace des bombes : Omo. Elle refuse de se rendre. Un étage au-dessus d'elle, c'est bien assez pour la protéger. Le soir, elle nous envoie Marisa et s'installe sur le divan du salon. *Pour le peu que je dors,* dit-elle, *je suis bien là.* Il est vrai qu'elle a toujours été la dernière à se coucher et la première à se lever, depuis des années. Le matin, quand nous remontons, le petit déjeuner est prêt. La cafetière avec sa chicorée et le lait sont tenus au chaud sur les plaques de la cuisinière déjà remplie d'une brassée de bûches crépitantes. Les bols, le pain et le pot de confiture sont sur la table et pendant quelque temps encore, nous vivons au ralenti dans la lumière du jour. Papa ne part plus sur les chantiers, les ouvriers non plus. Il n'y a plus de trous à creuser pour arrêter l'armée française. Les Français sont là. Ils tiennent la ville, même si aux alentours, l'ennemi n'a pas lâché prise.

Le bureau est vide. Derrière les portes closes, on n'entend plus un bruit. Les machines à écrire, le téléphone et toutes les voix se sont tus. Les employés sont rentrés chez eux. Les sœurs se cachent au village. Seule Lucie est restée. Elle se rend utile en raccommodant nos vieilles fringues. Maman lui a donné une de ses robes pour m'en fabriquer une à moi. C'est la robe verte qu'elle porte sur la photo que j'ai gardée d'elle de l'époque glorieuse où elle avait les cheveux remontés à la manière d'un casque et partait en guerre contre l'administration. Maman crochète des chaussons pour toute la famille et avec les restes de laine, elle m'habille les petites poupées qui ont remplacé ma Jeannette et que je couche dans une boîte à chaussures.

Il neige à gros flocons et fait de plus en plus froid. Sur les vitres de la cuisine, le givre dessine des forêts de cristal où je m'ouvre des passages avec mes ongles et mon haleine pour contempler la neige qui s'amasse sur le rebord de la fenêtre et sur le mur de fortification. La cour n'est plus qu'un paysage de toits et de branches servant de décor à la danse des flocons blancs qui nous enveloppent de douceur.

J'ai enfilé mon manteau de fourrure grise, car la chaleur de la cuisinière, et du poêle à bois installé dans le couloir pour remplacer la chaudière qui ne fonctionne plus faute de charbon, ne suffit pas. Nous circulons en manteau dans la maison, en nous chauffant au poêle comme autour d'un feu de bivouac, et fêtons la première neige de l'hiver.

Neige empoisonnée ! Mon oncle Franco, sorti chercher de la nourriture, prétend y avoir vu des hommes ramper tout près de la maison. En revenant, il a fermé la porte d'entrée à clé. Mais à quoi bon ! Des coups violents ont été frappés à la porte, suivis d'un *öffnen Sie die Tür* (ouvrez la porte) tonitruant et le temps de courir nous cacher à la cave d'où nous n'allons plus pouvoir remonter, ils étaient dans la maison.

Ils sont descendus, peut-être une vingtaine, avec leurs armes, vêtus de leur camouflage blanc qui devait les rendre invisibles dans la neige. Certains sont remontés aux étages, les autres sont restés en bas et ont réquisitionné les lits installés dans le couloir central, près de la lumière de la lampe à pétrole et de la chaleur du poêle.

Sous leur camouflage blanc, ils portent l'uniforme gris de la Wehrmacht. Mais ils ne sont pas fiers ni arrogants. Seulement fatigués. La fatigue se lit sur leur visage. Ils se savent perdus avec les Français à leur trousse, à moins de fuir en traversant le Rhin à la nage. Par le temps qu'il fait ! Pourtant, il semble qu'ils veuillent continuer à se battre avec l'énergie du désespoir, comme disent les adultes.

***

Quand les Allemands ont commencé à rôder autour du village, quelques couples du voisinage ont cherché refuge dans notre forteresse. En même temps, l'oncle Franco, qui habite sur la ligne du front, près du fleuve, est arrivé avec sa femme, tante Jeanne et le bébé Gil, ma petite cousine Anita et son grand frère Pietro. Puis, il y a eu cet inconnu avec sa fille qui s'étaient perdus en chemin et qui ont failli décrocher la porte pour entrer, car la fille, tremblante de peur et de froid, avait une envie pressante. Personne n'a eu le courage de les renvoyer sur la route, dans l'horreur des combats. Nous sommes complets maintenant dans notre abri souterrain.

Est-ce la peur du danger qui vient de l'extérieur ou la masse écrasante de soldats qui nous empêche de circuler, nous ne bougeons plus, sauf pour les petits besoins. Nous sommes confinés dans les coins sombres et froids de la cave, entassés les uns sur les autres, dormant à plusieurs dans le même lit, voire par terre. Notre espace s'est rétréci. L'air nous manque. Déjà lourd de l'odeur de terre, d'urine et d'excréments débordant des pots de chambre, et de nos propres mauvaises odeurs, l'air s'est appesanti de l'odeur âcre des soldats dans leurs uniformes sales et humides.

La guerre est entrée dans la maison. La guerre est là, palpable. Et que va-t-il se passer ? Va-t-elle nous faire sauter avec ses nouveaux protagonistes ? Bien qu'ils aient des mines de chiens battus, ces hommes portent l'uniforme des guerriers du grand Reich et quand ils se mettent debout, on les croirait faits d'acier. Mais si nous devons sauter, ils sauteront avec nous.

Lorsque Jean, loin de sa maman, a flairé le danger, il s'est mis à pousser des cris de putois. Pris de panique, il a escaladé le rebord de sa crèche et foncé vers l'escalier qui mène à la cuisine d'où il n'est plus revenu. Maintenant, il dort là-haut sur le divan du salon et se fait traiter comme un roi, dans l'oubli de ce qui se passe en bas. Omo lui prépare ses purées dans une petite casserole toute à lui qui servira désormais, jusqu'à ce qu'il soit en âge d'aller au collège, à préparer tous ses repas qu'il prendra sur une assiette bien à lui avec ses couverts en argent.

Pas plus de chance avec Anita. La crèche de Jean étant libre, tante Jeanne a voulu y installer sa fille, mais sans succès. Même scénario. Mêmes cris, mais de désespoir. Pleurs à fendre l'âme. Alors, je me suis penchée sur elle et je l'ai recueillie dans ma crèche. Avec mes couvertures, je lui ai confectionné un nid et je lui ai murmuré à l'oreille. *Ne pleure pas. Maman est occupée avec ton petit frère. Maintenant, je serai ta maman.* Mais elle n'a pas eu l'air de me croire.

Anita est toute menue et tient peu de place. Mais elle n'arrête pas de bouger. Elle a peur du noir, peur du bruit, peur de tout. Je la prends dans mes bras et je la cajole. *Dors,* lui dis-je *et fais de beaux rêves.* Mais elle ne s'endort pas. Elle se lamente et miaule comme un petit chat. *Pense aux dernières vacances ou à ce que tu feras quand tu sortiras d'ici. Tu te souviens de l'année dernière, quand vous êtes venus nous rejoindre à la Klausmatt ?* Elle rit. *Nous avons roulé sur le pré en pente, joué sur la balançoire, cueilli des mûres et des fraises des bois et mangé la tarte aux cerises de la fermière. - Miam, miam, elle était bonne. – Voilà, pense à toutes ces couleurs, au vert, au rouge, au bleu du ciel. Ferme tes yeux et tu ne verras plus le noir. - Je n'arrive pas. – Alors, ferme quand même les yeux, ne pense à rien et dors.* Je chante : « *Alle Vöglein sind schon da...* » J'enlace ma petite cousine et elle s'endort. Moi de même.

Dors ! Combien de fois ai-je répété ce mot durant cette longue nuit souterraine ? Dors ! Nous n'avions rien d'autre à faire.

Parfois, pour nous dégourdir les jambes, nous nous aventurions du côté de la réserve de choux, de pommes de terre et de fruits du verger.

C'était le seul endroit inhabité de la cave. Un lieu privilégié. On y voyait un peu clair grâce à la petite lampe accrochée au mur qui devait empêcher Omo de trébucher quand elle venait s'approvisionner. Nous faisions l'inventaire, comptions les pommes restant sur les claies, les derniers bocaux de cerises, de mirabelles et de quetsches. Nous allions jusqu'à la fenêtre obstruée par le mur de fortification et profitions de ce carré de liberté, loin des soldats et de nos hôtes.

Quand nous revenions de promenade, nous replongions sous les couvertures, dans ce trou noir que je pourrais sonder éternellement pour n'y trouver aucun souvenir qui vaille en dehors du train-train quotidien des gens de la cave.

***

Depuis que nous sommes à la cave, les jours ne se comptent plus. Je sais qu'il y en a vingt entre mon anniversaire et la veille de Noël, mais comme cette année les cadeaux me sont passés sous le nez et que nous avons dû renoncer à l'oie que nous mangeons chaque année à mon anniversaire, je manque de repères pour placer Noël dans le flux du temps.

Les jours se ressemblent et sont noirs comme les nuits. Autrefois, chacun avait sa couleur. Après un dimanche rouge, consacré au Seigneur, les jours de la semaine se suivaient comme les couleurs de l'arc-en-ciel dans le ciel serein de mon enfance. Maintenant, toutes les couleurs sont éteintes. Il n'y a guère que le bleu de la lampe à pétrole suspendue au plafond du couloir central qui nous donne un peu de lumière.

Les arcs-en-ciel existent encore dans mes rêves, quand je ferme les yeux et que j'entre dans mon espace intérieur. Je n'ai plus de cauchemars comme autrefois dans ma chambre. À la cave, je suis à l'abri du danger. C'est alors que mes paysages familiers reviennent vers moi, que les arcs-en-ciel se redessinent dans mes cieux et que je retrouve ma vie en couleur. Quand j'ouvre les yeux, ce n'est pas le jour qui m'attend, mais la nuit que l'étoile solitaire accrochée au plafond s'évertue à éclairer.

De ma crèche que je partage désormais avec Anita, j'observe dans le faible halo de lumière les va-et-vient des gens du souterrain, famille et voisins réfugiés dans nos murs fortifiés, la course générale du matin à la toilette du rez-de-chaussée, la queue pour une toilette sommaire à l'eau glaciale de la pompe à main près de la chaudière, les mouvements des volontaires qui nous servent nos repas puisés à la cuisine auprès d'une grand-mère généreuse qui ne craint pas les bombes : lait chaud, chicorée, pain noir sans beurre ni confiture, potée de choux et pommes de terre écrasées, enrichi parfois d'un soupçon de lard fumé ou de lapin coupé en mille morceaux, soupe aux lentilles, l'éternelle soupe aux lentilles, si bonne pour tous. Parfois, au dessert, des fruits en conserve pour les plus petits et pour maman qui porte en elle un petit enfant.

Enfin l'arrivée finale de notre grand-mère quand ce qu'on peut appeler une journée est terminé, pour voir si tout va bien.

Entre ces évènements, on dort, non pas de fatigue, mais d'ennui. On bavarde doucement. J'entends derrière moi des bribes de conversation de mes grandes sœurs et des prières, des prières à n'en plus finir. Je m'associe parfois à leurs prières et fais d'interminables tours de chapelet en promettant à Dieu et à la Vierge Marie de marcher jusqu'à Lourdes si nous sortons vivants de ce trou.

J'oubliais, pendant cette routine quotidienne, papa qui monte avec mon oncle et les garçons pour chercher le pain à la boulangerie, le lait à la ferme, nourrir les lapins et la petite basse-cour avec les épluchures de pommes de terre et couper du bois.

Enfin, le trafic des soldats allemands, pris en chasse par les alliés, qui occupent le couloir en attendant de repartir dans la neige et me séparent du lit de maman. Elle n'en a plus que pour quelques jours avant l'accouchement. De temps en temps, je sors de ma crèche et passe devant eux pour lui rendre visite. Je pose la main sur la couverture qui recouvre son ventre rond et je reste là sans bouger, en l'interrogeant du regard.

— *Il est déjà bien bas,* me dit-elle. *C'est pour bientôt.* Je suis tout excitée, mais je n'ose l'exprimer, car je sens l'angoisse de maman dans la paume de ma main. Elle me caresse la tête. Elle cache mal sa peur. Comment va-t-elle accoucher au milieu de tout ce monde, sans sage-femme ni médecin ? Je reste un moment à ses côtés sans parler, puis je retourne dans ma crèche en passant devant les soldats qui me regardent d'un air amusé.

À part les téméraires qui s'occupent des premières nécessités, nous ne sortons plus. Nos réserves s'épuisent. Les rations diminuent. Grand-mère économise sur les choux et les pommes de terre. Quant aux lapins, on n'en parle plus. Il y a bien encore les oies qui déambulent dans la cour et se planquent sous la neige pour qu'on ne les voie pas et mes trois protégés, petits poussins devenus grands, qui somnolent sur leur perchoir. On ne touche pas à ces reliques d'un autre temps. Elles n'ont rien à craindre. Promis, c'est promis. Elles doivent mourir de vieillesse. Il ne faut donc pas compter sur elles, pas plus que sur le potager endormi pour l'hiver et recouvert d'une épaisse couche de neige qui ne laisse pas passer la moindre brindille d'herbe nourricière, ni sur le verger où tout est mort et dont il ne subsiste que quelques pommes et quelques fruits en conserve. Combien de temps tiendrons-nous encore ? La panique gagne. Nous nous attendons secrètement au pire.

Cependant, quelque chose nous dit que le dénouement est proche. Un jour, les Allemands arrivent avec des ballots de tissu blanc, apparemment ramassés à l'usine de filature et tissage qui se trouve au centre du village et demandent aux femmes de leur coudre des surtouts neufs. Ceux qu'ils portent sont humides et couverts de boue. Leurs uniformes gris ne sèchent pas.

Les femmes cousent à grands points sous une timide lumière. Les soldats attendent. On n'entend que le ronflement du poêle, le ronron des voix étrangères qui dominent toutes les autres, les prières en sourdine. Le temps est arrêté. Et pourtant... ce matin, une annonce vient lui donner le branle. Une voix s'élève au petit déjeuner : *Ce soir, c'est Noël.* Noël, on n'y pensait plus. Noël, c'est bien gentil, mais comment le fêterons-nous ?

Renseignements pris, il paraît que le curé du village dira une messe dans la cave de l'usine de filature et tissage Gillet et Thaon. Nous sommes tous invités. Il y a de la place à revendre. Personne ne répond à l'invitation. Silence radio. Ne sommes-nous pas bien dans notre abri pour fêter ce Noël de pauvres ? Sans messe ni réveillon… mais peut-être pas sans Dieu.

En effet, Dieu semble avoir pensé à nous. Il y a un de ces boucans au rez-de-chaussée ! Des bruits de pas, d'objets qu'on bouge, de mouvements dans toutes les directions. On dirait un débarquement. La descente d'une armée céleste venue nous apporter des cadeaux. En tout cas, pas les Allemands qui sont partis sans nous saluer. Ce départ à l'anglaise ne leur ressemble d'ailleurs pas. Ils avaient l'air plutôt polis.

***

Nos hommes qui étaient sortis comme d'habitude quand les armes se taisent et pendant cette accalmie qui a commencé avec l'arrivée des Allemands, sont déjà rentrés, les bras chargés de bûches dont ils ont alimenté le poêle qui ronfle maintenant et égaie comme il peut l'attente d'un Noël qui s'annonce triste. Le froid a pénétré dans les murs. Un courant d'air glacial passe par le bas de la porte extérieure et de celle qui, en haut de l'escalier, mène aux étages occupés. Le poêle ronfle à qui mieux mieux, mais ne nous réchauffe pas.

Anita et moi, enfouies sous les couvertures, nous nous remémorons les veillées de Noël passées au chaud quand, soudain, un délicieux parfum se répand dans l'air. Un parfum de brioche ! Bientôt, toute la cave est en émoi, enivrée par ce parfum de brioche. C'est l'heure de la soupe quotidienne et nous ne pensons que brioche !

Les Allemands ne sont toujours pas rentrés. Aussi, quand la porte de la cave s'ouvre et que grand-mère invite tout le monde, d'une voix mystérieuse, à monter, nous nous précipitons dans l'escalier, filles et garçons, petits et grands, suivis des parents respectifs avec papa en dernier, soutenant maman.

La porte de la salle à manger est grande ouverte. Dans le coin où se dresse chaque année le sapin de Noël, un magnifique sapin, décoré avec les boules et les guirlandes que nous connaissons bien brille des feux d'une multitude de bougies. Debout autour de la table, couverte de brioches, les soldats chantent *ô Tannenbaum, ô Tannenbaum* en se réjouissant de nos exclamations de joie. Avec le temps, nous avons appris leurs chants, mais là nous restons interdits et les écoutons chanter.

Grand-mère, aidée des femmes, apporte du lait chaud et de la chicorée dans tout ce qu'elle a pu trouver comme bols et tasses à la cuisine et dans le buffet de la salle à manger. À part ceux qui chantent, personne n'ouvre la bouche si ce n'est pour s'empiffrer de brioches. Un des hommes en uniforme s'assied au piano et joue un choral de Bach, mon choral préféré, *Jésus que ma joie demeure*. J'écoute, ivre de bonheur cette musique sublime. Puis un autre entonne d'une voix chaude et profonde : *Stille Nacht, heilige Nacht*. Cette fois, nous nous joignons à son chant pour célébrer tous en chœur, dans la langue que nous avons été obligés d'apprendre pendant ces années d'occupation, cette douce et sainte nuit qui abolit toute frontière, toute distinction de nationalité et toute volonté de haine. Un seul fait exception à la joie commune. Leur chef Albrecht, qui n'a cessé de nous observer froidement pendant toute la soirée.

Nous nous apprêtons à redescendre à la cave après avoir remercié les soldats pour la belle surprise qu'ils nous ont réservée, avec un sapin illuminé, de la farine et du beurre pour les brioches et du lait de la ferme, quand maman pousse un cri. *Vite, vite, il arrive.* C'est l'affolement général. Papa, qui était resté à ses côtés, la prend dans ses bras et la couche sur le divan. Il appelle grand-mère qui accourt aussitôt désemparée. Les soldats s'écartent, sauf l'un d'eux qui s'avance et dit d'une voix autoritaire : *Ich bin ein Arzt. Bitte alle weg* (je suis médecin, dégagez) ! Il s'approche de maman et se penche sur elle. Nous nous éloignons de la scène et nous tenons à distance, le cœur rempli de crainte et d'espoir comme autrefois les bergers qui ont assisté dans une étable à la naissance de l'Enfant-Dieu.

Je m'agrippe à ma petite cousine qui me rassure doucement : *Ne t'en fais pas. Tout se passera bien,* quand déjà un nouveau cri pur et cristallin fend l'air. C'est l'enfant sorti du ventre de sa mère qui annonce sa venue dans ce monde. Grand-mère s'exclame : *c'est une fille* !

Je ris et pleure à la fois de joie et de soulagement. Maman va bien et j'ai une petite sœur ! C'est mon meilleur Noël depuis longtemps.

Le lendemain, 25 décembre, nous fêterons la nativité de Jésus, Dieu fait homme et la naissance d'un enfant d'homme en compagnie des soldats. Le médecin *Ich bin ein Arzt* ira faire sa tournée au lit de maman comme si elle était une de ses patientes et lui dira : *Wie geht's, meine Dame* (comment allez-vous madame) ? Et elle répondra : *Gut, Herr Doktor* (bien docteur), comme si c'était son médecin, sauf que de celui-ci elle ne connaît même pas le nom. À midi, nous mangerons nos oies – après tout, on ne leur avait rien promis – et les poules chapardées par nos hôtes dans la ferme abandonnée qui nous fournit encore le lait grâce aux vaches demeurées dans l'étable et que nos hommes se chargent de traire et de nourrir. À l'arrivée des Allemands, le village s'est dépeuplé. Il ne reste que quelques inconscients ou quelques privilégiés, protégés par d'épais murs.

C'est la trêve au bunker entre cousins très éloignés. Nos cousins allemands nous aiment. Ils ne cessent de nous désirer. Ils ne veulent pas écraser l'Alsace. Ils veulent la posséder, comme tant de fois déjà. S'ils savaient, ces Allemands, que dans cette cave, il y a autant d'Italiens que d'Alsaciens, même si ces Italiens parlent la langue des Alsaciens, ils nous tueraient, sachant que l'Italie ne veut pas d'eux, qu'après avoir fait ami avec leur Führer, elle lui a déclaré la guerre, et qu'ils n'ont donc aucune raison d'aimer les Italiens. Au contraire. Mais ils ne le savent pas. Ou ne veulent pas le savoir, sauf peut-être un, leur chef Albrecht. La fatigue des combats et les rigueurs de l'hiver ont endormi leurs sens. Ils ne veulent voir en nous que des hommes comme eux. Cette paix à l'intérieur des murs de notre forteresse, n'est-ce pas le miracle de Noël ? Et l'enfant née en cette sainte nuit le miracle de l'amour ?

Nous l'appellerons Christine, dit maman souriante, fatiguée, mais souriante, sur son lit.

***

La confusion créée par l'intrusion des Allemands dans notre vie m'empêche de profiter du plaisir de l'heureux évènement. Je suis loin de maman installée à l'autre bout de la cave avec l'enfant qu'elle vient de mettre au monde. Pourtant j'ai réussi à voler quelques instants de bonheur aux envahisseurs en me frayant un passage dans le couloir qu'ils occupent pour arriver jusqu'à elle. Et là, j'ai trouvé ma petite sœur accrochée au sein de sa mère. Petit bout de chair rose émergeant d'un paquet de langes, Christine avait les yeux fermés. Lorsqu'elle les ouvrit, je ne vis que deux petites boules sombres dont on ne pouvait deviner la couleur. Christine, ma petite sœur tant attendue quand connaîtrai-je ton regard pour pouvoir t'aimer vraiment ? *C'est un beau bébé*, dit maman en caressant le duvet blond qui recouvrait sa tête. *Elle sera très belle*, ajouta-t-elle fièrement. Elle connaît les bébés. Elle a sûrement raison. Mais moi qui ne vois pas de ses yeux, je ne vois que ce petit bout de chair rose qu'elle tient serré amoureusement sur son cœur.

Lucie a abandonné la couture pour s'occuper du bébé. C'est elle qui le change et le lave avant de le tendre à maman pour qu'elle lui donne le sein. C'est elle qui fait bouillir les couches à la cuisine et les suspend au dos d'une chaise devant le poêle à bois pour qu'elles sèchent plus vite. Elle qui apporte le bouillon de poule à maman – ma Grisette, eh oui !, que j'ai consenti à sacrifier pour la bonne cause – et la bière trouvée chez Schwarz, l'épicier. Il y en a juste assez pour elle, mais elle doit manger et boire pour deux. Je comprends ça, contrairement à certains habitants de la cave qui se lamentent d'avoir faim. La nourriture que leur sert grand-mère avec sa générosité habituelle ne les nourrit plus. Mais que faire ? Le boucher est toujours fermé. À la ferme, il reste bien des vaches, mais elles nous donnent du lait et il faudrait les abattre, et dans les clapiers, il n'y a plus que les petits laissés par les dernières lapines avant leur fin tragique dans la casserole. Il faudra attendre que ces petites bêtes soient assez grosses pour faire un repas, mais d'ici là la guerre sera finie, et puis nous aurons assez mangé de lapin.

Les soldats n'ont pas revêtu leurs surtouts blancs au lendemain de Noël. Ils s'incrustent. Qu'attendent-ils ? Ils passent leur temps sur les lits à se montrer des photos, relire une lettre, ranger le tout dans leurs sacs, le ressortir, comme s'ils avaient oublié de lire ou de voir quelque chose ou pour se remettre un détail en mémoire.

Parfois, ils sortent vêtus de leurs manteaux gris et reviennent discrètement. Ils ont entreposé leurs armes dans un recoin de l'escalier. Cet entassement d'armes me fait trembler de peur. Je n'ose le regarder. Que de fois ai-je vu, dans mes cauchemars, ces engins meurtriers se lever et tirer sur tout ce qui bouge comme des mécaniques déréglées !

Apparemment, il ne se passe rien à l'extérieur. Il n'y a qu'eux et les leurs au village. Leurs ennemis, nos libérateurs, tardent à venir. Mais l'heure approche. Ils le savent et leurs regards les trahissent. Ils sont loin de ces Fritz qui aboient comme des chiens dans les rues de la ville pour se faire entendre. Eux n'aboient pas. Ils se parlent à voix basse. Certains même avec élégance. Je les observe depuis ma crèche, discrètement, du coin de l'œil, car au fond je me méfie d'eux et ne voudrais pas attirer leurs regards sur moi. Je les vois, assis sur nos lits, adossés au mur de la cave, se passant des photos. Ce ne sont pas des héros ni des bêtes. Ce sont des hommes qui se passent leurs photos, les embrassent et les rangent dans leurs sacs ou dans la poche de leur veste.

Que viennent-ils faire chez nous ? Se cacher, préparer un coup ou se préparer à fuir ? Et que sont-ils pour nous, habitants du pays qu'ils occupent, parlant leur langue, chantant leurs chansons, saluant leur

Führer comme eux ? Amis ou ennemis ? Ils ne nous veulent pas de mal, au contraire. Ils ne demandent rien, à part le gîte. Ils attendent Dieu sait quoi en mangeant leur pain noir et leur poisson fumé et le rab qu'ils peuvent mettre dans leur gamelle là-haut chez grand-mère. Ils ne s'imposent pas. Ils sont là.

L'un d'eux pourrait être mon grand frère. Avec ses cheveux blonds et ses yeux bleus, il me ressemble. Il lit. J'aimerais lui parler. Il faut que je lui parle.

— Bonjour, lui dirai-je en passant à ma prochaine visite à maman. Comment t'appelles-tu ?

Il lèvera la tête de dessus son livre et, me jetant un regard étonné, il me répondra :

— Et toi, comment tu t'appelles ?

— Je m'appelle Lila, lui dirai-je pour l'encourager.

— Lila, c'est joli. Et moi, je m'appelle Karl, dira-t-il, car j'imagine qu'il s'appelle Karl. Karl lui va bien.

Karl me racontera sa vie de l'autre côté du Rhin. Ses parents. Sa famille. Son enrôlement forcé. « Mon père était trop âgé pour servir dans l'armée, mais moi je n'étais pas trop jeune pour tuer. Tuer, c'était la consigne, si vous ne voulez pas vous faire tuer. Et comme je suis incapable de tuer, je vais sans doute mourir. »

Accroupie à côté de lui, je poserai ma main sur son genou :

— N'oublie pas que tu as un ange gardien, lui dirai-je. Il te protégera.

Et il me répondra :

— Tu as raison, ma petite Alsacienne. C'est toi, mon ange gardien.

Alors, je lui parlerai de l'Italie, ma patrie lointaine. Mais attention… Depuis que le Duce a été arrêté et que l'Italie ne marche plus avec l'Allemagne, la prudence s'impose. Il ne faudrait pas que ces Allemands qui ont envahi la maison sachent qui nous sommes. Surtout pas. Je parlerai donc avec précautions du pays des vacances, de mes souvenirs et de mon rêve de jeter des ponts entre les hommes. Je lui confierai mes envies d'écriture. Quand je serai grande, j'écrirai, lui dirai-je. J'ai déjà écrit… des lettres à Lorenzo, mon petit camarade de la Scuola, quand j'étais retenue prisonnière dans une grande maison de verre ouverte à tous les regards. Quand la guerre sera finie et que nous sortirons de ce trou, j'écrirai encore et encore...

Nous parlerons comme de vieilles connaissances. Je l'écouterai et il m'écoutera comme si nous étions seuls au monde.

En fait, celui que j'avais envie d'appeler Karl, s'appelle Rudi. Il a sorti les photos de ses parents et de ses frères et sœurs et m'a parlé de la librairie familiale au centre-ville de Fribourg. C'était la plus grande librairie de la ville. C'est d'ailleurs toujours le cas, même si certaines étagères sont dégarnies. *Je vais te dire quelque chose,* m'a-t-il confié dans un allemand lent et parfait que je parvenais à décrypter grâce à mon vieux dialecte germanique, *les livres qui ont été retirés des étagères retrouveront bientôt leur place, car ce sont ceux de nos grands poètes. Et la guerre sera bientôt finie. Tu viendras me voir, n'est-ce pas, après la guerre ?* Il m'a parlé comme à une grande personne. Il a saisi que lui et moi avions un amour commun : celui des livres. Aussi, pourquoi n'irais-je pas le voir après la guerre, quand je serai grande et que je saurai lire et écrire dans toutes les langues ? La guerre finira bien un jour. La guerre ne peut être un obstacle éternel pour ceux qui n'ont pas choisi de la faire et qui ne l'acceptent pas. Il y a des mots pour les partisans de la guerre, le mot patriotisme, notamment, je crois, mais celui-là, pour l'instant, je ne le comprends pas.

***

Un faux calme règne dans la maison. Je pense de plus en plus souvent à l'Italie, à ma tante Antonietta jouant du piano le regard ailleurs, mais aussi à la villa de nos amis, le comte et la comtesse Albini. Une nuit, je fais un rêve étonnant. Je me trouve allongée sur un lit capitonné de soie rose, dans une chambre dont j'ai soigneusement fermé la porte à clé. La comtesse Elena qui dort dans la pièce d'à côté frappe à ma porte. Je lui ouvre et elle court vers moi en pleurant, me pousse vers le lit et se couche à côté de moi, la tête au creux de mon épaule. Je me penche sur son visage et vois ses yeux tristes, débordant de larmes comme des coupes trop pleines. Je n'ai jamais vu des yeux aussi remplis d'eau et de tristesse. J'ai envie de pleurer, moi aussi, mais je fais un effort pour l'écouter. Le curé du village les a dénoncés, elle et sa famille. Il les accuse d'avoir affamé le peuple, de lui avoir refusé le riz de leurs rizières, d'avoir jeté tout leur argent dans les fêtes et le luxe. *Ce n'est pas vrai*, se défend-elle. *Nous avons distribué notre riz, nous avons donné les meilleurs morceaux de viande au peuple qui, d'ailleurs, se servait en premier, nous avons invité les villageois à nos fêtes.* Mais personne ne veut l'entendre et ce qu'elle craignait arrive. Tout le peuple assemblé pénètre dans la chambre par une brèche dans un mur et se tient en rangs devant nous pour nous juger. Un des hommes s'approche, une lampe de poche à la main et braque la lumière sur le visage de la comtesse, inondé de larmes, une lumière rouge qui couvre ses yeux comme une mare de sang. Puis, il se détourne, satisfait, et tous s'en vont.

Je me réveille en sueur avec la sensation encore vive du poids de la tête de la comtesse sur ma poitrine et la vision du sang sur son visage. Ce rêve me fait peur. Je me souviens alors de la manière dont Albrecht, le chef du petit escadron, qui dort à l'étage des chambres, a observé papa, mon oncle Franco et son fils Pietro pendant le réveillon. Voyant leur physique, leurs manières et leurs cheveux noirs, il a dû se douter qu'ils n'étaient pas Alsaciens. Maintenant, je pense qu'il sait, qu'au village, il a été mis au courant. Il sait que nous sommes Italiens. Apparemment, il connaît aussi notre nom puisqu'il hurle en haut de l'escalier : *Herr d'Amico. Pietro d'Amico, Franco d'Amico. Alle hier, schnell.* Tous ici, vite.

Il a oublié Jacques. Sans doute, à cause de son prénom et de ses cheveux blonds.

Je meurs de peur. J'ai un funeste pressentiment. Suis-je la seule à avoir une idée de ce qui nous attend ? Personne ne réagit à la cave jusqu'à ce coup de pistolet qui troue l'air. Et là, c'est la panique. Faut-il se faire tout petit ? Se cacher ? Fuir, mais où ? Cependant, un de ceux qui logent en haut lance un ordre à ceux d'en bas qui enfilent aussitôt leurs surtouts blancs et ramassent leurs armes. Rudi (celui que j'ai appelé Karl) me jette un coup d'œil. Il a les larmes aux yeux. *Leb wohl* ! me dit-il et je lui réponds *Leb wohl*, convaincue que je le reverrai. Ils montent l'escalier, claquent la porte et quittent le navire à grand bruit de bottes.

Le silence qu'ils laissent derrière eux est menaçant. C'est le calme avant la tempête. Prostrés sur nos couches, nous ne parvenons pas à détacher les yeux de l'escalier et nous voyons Pietro redescendre blanc comme un linge. Il essaie de parler, mais avant qu'il n'ait eu le temps d'ouvrir la bouche, une énorme secousse ébranle la maison. Les murs tremblent. L'air vibre. Une poussière noire envahit la cave, nous aveugle et nous étouffe. Des cris aigus s'élèvent de toutes parts. Les femmes accourent avec des chiffons mouillés qu'elles nous mettent sous le nez et nous ordonnent de rester à nos places. Soudain, un gros craquement et le fracas d'une masse qui tombe. Maintenant, la lumière vient de l'extérieur. La poussière se dissipe. Il fait jour et par le trou béant à l'entrée de la maison on voit la neige.

Nous sommes massés comme des bêtes apeurées dans le coin des enfants, l'endroit le moins exposé de la cave. De retour dans sa crèche, Jean sanglote et appelle maman. Près de nous, Omo soupire. Elle prend Jean dans ses bras et me caresse la joue pour me rassurer : *Ça va aller. Ne t'inquiète pas.* Comment se fait-il qu'elle soit là ? J'ai dû rater un instant de ce grand boum. Anita se blottit contre moi. Je sens une main qui me touche les épaules et j'entends Jacques qui me dit d'une voix blanche : *Ça va, petite sœur* ? Il aimerait sûrement pleurer, mais il ne pleure pas, parce que les hommes ne pleurent pas. Plus loin, j'entends des halètements, des pleurs de femmes. Mes sœurs, Lucie, la voisine d'en face… J'entends tousser. J'entends des *ça va* ? des *tu es là* ? Je reconnais les voix. J'ai l'impression que tous les habitants de la cave sont là. Je les sens. Comment ont-ils fait pour arriver si vite jusqu'ici ? Ce ne peut être que le vent, ce vent de poussière noire qui les a chassés devant lui. Et maman et le bébé incapables de bouger ? Et papa, là-haut ?

D'un coup, je réalise que maman et le bébé ne sont pas là et je me mets à crier : *Maman ! Maman !* en agitant fébrilement ma main en direction de son lit. Personne ne bronche. Alors, je me dresse sur ma couche et je hurle : *Maman ! Où est maman* ? Grand-mère me force d'une main ferme à me rasseoir : *Ne bouge pas, maman est là-bas.* Mais je sens qu'elle n'y croit pas. Car, là-bas, il y a ce trou qui laisse apparaître la neige. Là-bas, il y a cette masse de pierres et de ferraille de ce qui était l'entrée et le balcon de la maison. Je pointe mon doigt vers cet endroit en sanglotant : *Maman, je veux voir maman.*

La suite, je ne m'en souviens pas ou je l'ai enfouie profondément dans ma mémoire. Il n'y a plus de suite ordonnée. Il ne reste que des bribes. La vision d'un homme à la peau basanée, en costume kaki, qui se découpe dans l'embrasure de la porte intérieure de la cave et penche la tête dans notre direction en disant : *Ça va* ? Personne ne lui répond. Nous formons un bloc compact et muet. Personne n'a envie de lui répondre, sauf tante Jeanne qui se lève, avec son bébé Gil dans les bras, et vocifère comme une forcenée : *Vous êtes fou ! Vous avez vu tous ces enfants ?* À quoi il rétorque froidement : *Que voulez-vous, Madame ? C'est la guerre.* Cette phrase, je l'ai bien entendue et je ne l'oublierai jamais.

Malgré l'interdiction de bouger, je me suis levée et me suis dirigée en rampant vers le tas de décombres à l'entrée de la maison. C'est sous cet amas de pierres et de ferraille qui me bloque le passage que se trouvait le lit de mes parents.

***

Je vois des hommes en tenue militaire kaki descendre à la cave et prendre place sur les lits libérés par les Allemands. Ils nous tendent des gâteaux et du chocolat. Je ne me souviens pas de leurs visages, seulement de leurs mains tendues. Les larmes coulent sur mes joues et me rendent la vision floue. Je n'ai pas faim. Je ne veux pas de leur chocolat ni de leurs gâteaux.

Ils ont l'air gentils. Je devrais leur être reconnaissante. Ils ont nettoyé le village de l'ennemi terré dans les maisons. Ils l'ont chassé comme on chasse les cafards. Ils ont tiré dans le tas. *Que voulez-vous, Madame ? C'est la guerre.* Ils ont éventré la maison pour les mettre en fuite, ignorant que sous l'entrée, il y avait un lit avec une maman et son enfant. Ils ne pouvaient pas savoir. Ce n'est pas de leur faute, c'est la faute de la guerre.

Un homme à la peau basanée me tend une barre de chocolat. Je repousse sa main et lui dis : *Pourquoi tu as tué maman ?* J'éprouve de la haine pour cet homme que je soupçonne être l'auteur des tirs et qui, voyant la haine dans mon regard, retire sa main. Je crois qu'il n'a pas aimé ma question. Il monte à la cuisine rejoindre ses compagnons.

J'entends un roulement au-dessus du plafond, des rires et une chanson : *dodo, l'enfant do, l'enfant dormira bientôt.* Ils ont trouvé un cochon de lait à la ferme et l'ont ramené à la maison. Ils l'ont couché dans le landau prévu pour ma petite sœur. J'ai envie de hurler. De leur crier d'arrêter. Mais ils ne sont au courant de rien. Ils ne peuvent pas savoir, pas comprendre.

Et moi, je ne comprends rien à la guerre. Est-ce un mal nécessaire comme quand on va chez le dentiste pour se faire arracher une dent ? J'ai un souvenir mémorable de ma première visite au dentiste. C'était le bon vieux dentiste de maman, grand et fort avec un embonpoint rassurant. Il m'a soulevée comme une plume et m'a assise sur sa chaise. *Ce sera vite fait, cette petite dent de lait. Tu ne sentiras rien.* Je n'ai pas bougé. J'ai seulement senti mon estomac se nouer et quand mon vieux grand-père de dentiste a approché de ma bouche l'instrument de torture qui devait servir à extraire ma dent, j'ai repoussé sa main et j'ai dégringolé de sa chaise. Je me suis tenue à une bonne distance de lui et je l'ai supplié : *Pas cette fois, s'il vous plaît. Pas cette fois. La prochaine fois.* Maman s'est confondue en excuses et a pris un nouveau rendez-vous, mais ce rendez-vous je n'y suis jamais allée, car aussitôt sortie de chez le dentiste, je me suis mise à jouer avec ma dent et je l'ai tellement martyrisée avec ma langue qu'elle est tombée toute seule.

Un mal nécessaire, la guerre, peut-être, pour des raisons qui nous dépassent, mais qu'il faudrait pouvoir éviter de subir de façon absurde, en innocentes victimes, sans les honneurs réservés aux héros morts sur le champ de bataille. Les Allemands avaient déjà quitté la maison quand l'homme du char a tiré. Il les avait sûrement vus fuir. Alors pourquoi a-t-il tiré ? Par bêtise, pour achever son opération de nettoyage ou pour satisfaire un besoin impérieux de jouer avec son arme ?

Les Allemands, quant à eux, sont partis après avoir tout gâché. Nous étions si prêts à les aimer, à croire que la guerre n'avait aucun pouvoir sur nous tous, qu'on pouvait l'oublier, faire comme si de rien n'était et fêter ensemble une nuit de Noël sans penser au lendemain et que le lendemain serait sans histoires.

Malheureusement, leur chef a signé leur passage d'un acte odieux nous rappelant sans pitié que la guerre ne pardonnait pas et que l'Italie, notre lointain pays, était en guerre contre le sien. L'Italie que j'ai cru naïvement être hors de cause, c'est à cause d'elle que l'un de nous est mort : Franco, le frère de papa. Pietro nous a raconté comment

Albrecht, après les avoir fait monter et traités de traîtres en leur envoyant des coups de pied dans les tibias pour les mettre à genoux, a froidement tiré sur son père avant de braquer son arme sur papa, lorsqu'un de ses collègues, posté en observateur au premier étage a vu le char approcher et viser la maison. Alors, Albrecht a forcé papa à se relever, l'a retourné sur lui-même et a crié « *Raus* » (dehors) en le poussant devant lui vers la sortie de la maison. Le restant de la troupe les a suivis en courant.

Papa n'est toujours pas revenu. Depuis combien de temps est-il absent ? Je ne sais pas. Je ne parviens pas à mettre du temps sur cet espace flou où je ne vois plus le monde qu'à travers mes larmes.

Était-ce le jour même ou le lendemain ou le surlendemain que j'ai entendu ce hurlement pire que celui des sirènes ? Un hurlement déchirant dans lequel j'ai reconnu la voix de papa ? Puis, ce furent des bruits d'éboulement, de pierres qu'on jette ou qu'on casse, de chocs de ferraille. Et des pleurs. Papa pleurait et c'était terrible. Oh ! Comme c'était dur d'entendre papa pleurer, lui qui ne pleurait jamais ! J'ai vu Omo passer. Elle portait un linge blanc sur ses bras.

Puis ce fut le silence.

De ma crèche où Lucie me tient prisonnière, je vois que les décombres, à l'entrée de la maison où se trouvait le lit de maman, ont été déblayés.

Il ne reste qu'un grand vide balayé par un vent glacial qui chasse des paquets de neige devant lui.

Maintenant, j'entends des cris au-dessus de nous. C'est papa et, je crois, le tireur du char. Papa crie et l'autre lui répond d'une voix calme. S'excuse-t-il ? Savait-il qui se trouvait sous ses tirs à l'entrée de la maison ? Savait-il qui il avait tué ? Mais comment aurait-il pu savoir ?

Les cris s'arrêtent. Papa redescend.

Les Français sont généreux. Ils nous donnent tout ce qu'ils possèdent, du chocolat, des gâteaux, des cigarettes, et tout ce qu'ils peuvent dénicher au village, dans les magasins désertés. De la nourriture, des couvertures, des chaussons, un carton plein de chaussons noirs montants de toutes les pointures, et bien laids, qu'on m'oblige à enfiler parce qu'il fait froid.

Omo remonte régulièrement à la cuisine avec Marisa pour préparer les repas. À présent, les Français tournent autour d'elle avec leur gamelle qu'ils vident devant nous sur les lits qu'ils nous ont pris. Ils ont l'air de trouver ce qu'il faut au village. Il y a de la viande dans nos choux.

Bientôt, je les vois, vêtus de surtouts blancs comme les Allemands qui les ont précédés, monter l'escalier. Les lits se vident. Les Français partent.

Ils s'en vont, alors que la neige est encore haute et le froid glacial. Les tirs reprennent, mais de plus en plus loin. Le char aussi est parti.

***

Nous ne sommes plus en danger. Le calme est revenu dans la maison. C'est maintenant la maison des larmes et des courants d'air, envahie par la neige. En attendant que les trous faits par les tirs soient colmatés, nous sommes restés à la cave, mal chauffée par un poêle qui ronfle à tout casser.

Omo nous a rejoints, car dans son royaume, on meurt de froid. Et puis, ne serait-ce pas un peu à cause de moi et de mon petit frère Jean qu'elle a abandonné sa cuisine et dort à la cave ? On lui a installé un des lits libérés par les soldats à côté de nos crèches, avec Jean roulé en boule comme une petite bête et moi qui ne cesse de pleurer. Elle nous console à sa manière, discrètement, sans effusions, en chantant doucement ses vieilles chansons : *In meinem Stübchen, da blässt der hum a hum, in meinem Stübchen, da blässt der Wind.* (dans ma petite chambre, souffle le houm a houm, dans ma petite chambre souffle le vent…). Cette chanson triste berce nos cœurs d'orphelins.

Maman est partie. Maman n'est plus là et même si notre grand-mère prend bien soin de nous, elle ne peut remplacer maman. Mon cœur est un immense désert à la mesure de ma peine. Au-dehors, la vie reprend. Un sentiment de soulagement court dans les rues, les alléluias montent au ciel, mais qu'importe le retour à la normale et les manifestations de joie qui parviennent jusqu'à nous, je sombre en ce triste lieu dans la douleur de l'absence, je m'y emmitoufle comme dans une couverture pour me protéger du froid.

Dès que les tirs ont cessé, nos hôtes sont rentrés dans leurs foyers, y compris ma gentille Lucie et tante Jeanne inconsolable, avec Anita,

Pietro et le bébé. Oncle Franco était un homme si gentil, un éternel enfant qui aimait le foot et se rendre utile. Chaleureux et bon, tante Jeanne s'appuyait sur lui pour toutes les choses de la vie. Elle ne prenait jamais de décision sans lui et lorsqu'il partait faire un tour au village, un match de foot ou un voyage au loin avec un camion chargé d'ouvriers, elle n'était plus que l'ombre d'elle-même. Tante Jeanne a préféré rentrer chez elle le plus rapidement possible avec les siens.

Marisa est allée prendre des nouvelles de sa famille dans le Sundgau. Seuls sont restés les quelques ouvriers qui aident papa et Jacques à déblayer les gravats et boucher les trous de la maison avec des planches.

Mes sœurs font bande à part, elles sont silencieuses et tristes, elles aussi, mais ne peuvent mesurer l'ampleur de ma détresse. Ce n'est pas le cas de Jacques, toujours proche de moi et prêt à m'aider. Je sens qu'il se demande ce qu'il pourrait bien faire pour me réconforter. Un jour, comme je ne cessais de pleurer, il m'a enlacée et m'a dit tendrement : *Tu veux voir où est maman ?*

— *Oui,* lui ai-je répondu à la fois incrédule et confiante.

— *Viens, je vais te montrer.*

La neige était aussi haute que moi. Le jardin avait disparu sous l'épaisseur blanche dominée par nos deux grands sapins. Nous avons marché la main dans la main dans un sentier tracé par des pas entre deux murs de neige jusqu'au fond du jardin où au printemps fleurit le lilas. Là, Jacques s'est arrêté devant une croix de bois piquée dans un monticule de terre fraîche. *C'est ici,* m'a-t-il confié, *qu'est maman, et la petite sœur.* J'ai regardé ce qui semblait être une tombe et j'ai refusé de croire que maman était enterrée là, avec le bébé, comme les morts des cimetières. Je préférais croire à une de ces plaisanteries dont Jacques a le secret.

Je me suis insurgée et j'ai lâché sa main en criant : *Menteur ! Ce n'est pas vrai. Maman n'est pas là. Maman n'est pas morte ! Sale menteur ! Je te déteste !* Et je me suis mise à le taper de toute la force de mes poings. Mais lui, au lieu de répliquer, m'a retenue et s'est agenouillé devant moi : *Arrête de crier, s'il te plaît, et laisse-moi t'expliquer. C'est ici, sous cette terre, que repose le corps de maman. Mais ce n'est que son corps. En fait, elle, vraiment elle, elle n'est plus là. Elle est montée au ciel où elle a rejoint ma première maman.*

Je l'ai observé attentivement et refusant de croire ce qu'il me racontait, je me suis remise à le taper de plus belle. *Lâche-moi. Tu dis n'importe quoi. Pourquoi elle serait ici et là-haut ?* Mais il a insisté : *Ici, il n'y a que son corps. Là-haut, il y a son âme et c'est elle qui compte. Son âme n'est pas morte. Tu ne sens pas dans ton cœur qu'elle communique avec toi du haut du ciel ?*

J'ai regardé les yeux limpides de mon grand frère agenouillé devant moi, et j'ai senti, aussi incroyable que cela ait pu paraître, qu'il avait raison. Maman n'est pas morte. Maman vit au ciel avec un petit ange, au bout du chemin de son âme qui mène à Dieu. Je peux leur parler comme je veux avec mon cœur ! Une joie inattendue m'a envahie et m'a soulevée. J'avais envie de rire, de chanter et de sauter à cette corde magique que maman tenait là-haut dans sa nouvelle demeure. J'ai oublié la guerre, les soldats vêtus de blanc et même le chef des Allemands et Cachou, l'homme à la peau basanée par qui le malheur était arrivé. Ils ont reculé dans ma mémoire.

Voyant la lumière dans mes yeux, Jacques m'a repris la main et m'a guidée dans la neige vers la grille du jardin. *Puisque tu peux comprendre,* m'a-t-il dit, *je te montre encore quelque chose.*

Le paysage était d'un blanc immaculé. La neige avait effacé la rue, les fossés et les jardins et posé sur les toits des maisons une épaisse couverture blanche, comme sur une image de carte postale. Dans la rue, des traces de roues évoquaient le traîneau du père Noël. Rien n'avait changé d'un hiver enneigé à l'autre. La guerre n'avait fait que passer, nous n'avions simplement pas eu de chance, pensais-je naïvement.

Nous nous tenions devant la maisonnette où habitait Eugène, un enfant un peu spécial qui venait parfois jouer avec nous. À côté d'elle se trouvait la grande maison de nos amis, les Altdorfer, qui étaient partis depuis le début de la guerre.

Jacques a regardé au loin en penchant la tête de côté comme pour s'assurer qu'il avait bien vu, puis il m'a indiqué d'un geste du doigt : *Tu vois ce trou là-bas dans la maison d'Eugène. C'est un obus qui l'a fait. Il a ricoché de la maison voisine et tué toute la famille qui s'était réfugiée dans la cave, enfants, parents et grands-parents.*

La tête m'a tourné à chercher à imaginer tous ces gens morts dans leur cave. Profondément secouée par cet incroyable drame, je me suis accrochée au bras de mon frère. Et là, soudain, mes yeux se sont ouverts. J'ai vu autour de moi que cette neige de carte postale n'était pas blanche, qu'elle était maculée du sang des morts. J'ai vu des hommes en blanc couchés face contre terre ou retournés dans d'étranges positions. J'ai vu des visages bleus que j'ai cru reconnaître comme étant ceux des soldats des deux camps que nous avions eus dans la maison.

J'ai dû avoir les yeux ronds de terreur et d'étonnement car Jacques a voulu se reprendre avec des mots de vieux : *Ne regarde pas. Pense à la chance que nous avons d'être encore en vie. Le village est plein de maisons démolies. Il y a des morts partout et on ne peut même pas les enterrer. Le curé est parti et l'église est fermée. Comme ces soldats couchés dans la neige, il va falloir attendre que la neige fonde avant de les ramasser.*

Je n'en pouvais plus de l'écouter. Je l'ai repoussé en hurlant : *arrête. Tais-toi. Tu es complètement fou !* Comment pouvait-il imaginer qu'il suffisait de quelques bonnes paroles pour effacer de mes yeux l'image atroce des morts abandonnés dans la neige, dont personne ne se souviendrait et avec qui personne ne communiquerait, après m'avoir fait entrevoir le bonheur de parler comme je voulais avec l'âme de maman qui continuait à vivre au ciel ?

Jacques est un insensé. Il n'aurait pas dû me montrer tout ça. J'ai voulu courir à la maison, mais la neige me retenait. Il m'a attrapée et s'est excusé en pleurant. *Pardon, pardon, petite sœur, je n'aurais pas dû. Excuse-moi, s'il te plaît, je t'en prie.*

Comme mon grand frère m'a paru petit tout d'un coup ! Un petit garçon qui pleurait et tremblait à l'intérieur. Il avait sûrement vu ces horreurs lorsqu'il était sorti de la cave avec papa pour constater les dégâts et il les revoit, chaque fois qu'il va chez l'épicier ou chercher le lait à la ferme. Il ne pouvait plus les garder pour lui seul. Il voulait les partager avec moi, car même s'il était grand, il n'était qu'un petit garçon pas plus vieux que moi. *Ma petite Lila,* m'a-t-il enfin confié en se parlant autant à lui-même qu'à moi, *il ne faut plus penser à la guerre. Soyons heureux d'être vivants et pensons plutôt que, grâce à nous qui ne les oublions pas, nos mamans continueront à vivre. Tu me promets de ne plus être triste ?*

— *Je te le promets,* lui dis-je en serrant fort sa main.

De loin, notre maison ressemblait à une maison de poupée dont on pouvait voir l'intérieur. Le rez-de-chaussée avait été refermé mais le premier étage était encore ouvert. À droite, il y avait ma chambre amputée de tout un pan. Entre les brisures, j'ai vu l'armoire adossée au mur du fond avec une porte de travers qui ne tenait plus qu'à un gond et, accrochée à la porte, ma petite robe verte, coupée dans une vieille robe de maman, avec sa pochette rouge sur la poitrine et le col blanc brodé à la main. Intacte. En berne sur les ruines de la maison, dénonçant dans le ciel calme de ce paysage d'hiver toute la folie de la guerre.

Le hasard des tirs, les morts injustes et injustifiées, l'ironie du sort. Cette petite robe, souvenir des années où maman la portait avec élégance et fierté quand elle partait se battre contre l'administration, tout imprégnée encore de son parfum, flottait au-dessus de la maison comme le drapeau de la victoire alors que maman n'était plus là.

Malgré la promesse faite à Jacques, les larmes me sont montées aux yeux, non pas de joie de voir ma robe là-haut épargnée par les tirs, mais de consternation et d'impuissance devant la cruauté du hasard.

Maman est morte. Pourquoi maman est-elle morte ? Et pourquoi cette robe, là-haut, était-elle encore là, intacte ? Qui pourra me répondre ?

Jacques m'a dit : *C'est bizarre ta robe accrochée à une porte.* Bizarre. Il avait sans doute raison. Bizarre était peut-être le mot, tout simplement. Il ne fallait pas essayer d'expliquer ce qui vous dépasse avec de grands mots. Il n'y a pas de réponse à certaines questions.

Jacques n'a pas cherché à comprendre. Il m'a entraînée vers la maison en me disant : *Viens, on rentre.*

Ma petite robe verte n'est pas une quelconque preuve. Ce n'est qu'un souvenir que je conserverai soigneusement dans un tiroir comme on garde les souvenirs. Avec elle, j'enterrerai l'image en surface de ma relation avec maman et la dépouille de mes espoirs inassouvis d'amour maternel plus profond.

Les visages bleus me hantent. Je ne les ai pas reconnus et j'ai refusé de mettre des noms sur les corps étendus dans la neige. Celui de Rudi, par exemple, ou du docteur qui a accouché maman, de Curt, ou de Fritz, de Joseph ou d'Albrecht.

Cachou, le tireur du char, doit être loin maintenant. Il ne craint rien dans son engin, bien qu'il arrive que les chars brûlent et là, c'est fini pour les occupants. Jacques nous a rapporté qu'à la sortie du village un char avait brûlé. J'espère que ce n'était pas celui de Cachou, car je lui ai pardonné et j'aimerais qu'il soit en vie. Quant à Rudi, je sens que je le reverrai à cause de l'amitié qui s'est tissée entre nous et de ses dernières paroles, *Leb wohl, Lila,* auxquelles j'ai répondu : *Leb wohl, Rudi.*

IV
Sous la neige, le printemps

***

J'ai agité un petit drapeau au passage du Général, comme tous les enfants du village alignés sur le trottoir, dans mon manteau neuf de lapin gris. J'aurais bien voulu, comme les autres filles, revêtir le costume alsacien, la jupe rouge, le tablier noir brodé de fleurs multicolores, le chemisier blanc en dentelles et cette grande coiffe en forme de nœud qu'on voit sur les poupées et les cartes postales. Mais papa s'y est formellement opposé : *Ce costume n'est pas pour toi. Tu n'es pas alsacienne.*

— *Mais alors,* ai-je eu envie de lui rétorquer, *pourquoi parlons-nous la langue des Alsaciens et pourquoi avons-nous vécu leur guerre ?*

Je ne comprends pas mon père. Il nous parle alsacien alors qu'il est on ne peut plus italien. Il nous envoie à l'école du village, mais nous interdit de fréquenter nos camarades de classe. Il fait mine d'être du pays, mais ne paraît heureux, surtout depuis que maman n'est plus là, que lorsqu'il écoute sur le gramophone un opéra de Verdi ou lorsqu'il nous emmène en Italie avec la Cadillac qui a remplacé la vieille Six grise. Alors, pendant tout le voyage, il plaisante et oublie tout.

Papa est un puits de contradictions où démocratie rime avec aristocratie, simplicité avec goût du luxe. Il s'habille chez le meilleur tailleur et le meilleur chausseur de la ville, fait fabriquer ses chemises sur mesure, porte été comme hiver un feutre sur la tête pour faire le tour de ses chantiers… à bicyclette. Il n'aime pas les chichis, comme il dit ni les salons ni les honneurs, mais ne mange qu'avec des couverts en argent, dans de la vaisselle de porcelaine, les petits plats préparés par grand-mère, puis par la cuisinière qui remplacera grand-mère quand celle-ci ne pourra plus.

Il n'aime pas qu'on lui mélange ses salades, que le rouge des betteraves déteigne sur le vert du cresson, que les concombres à la crème touchent les carottes. Il déteste la tambouille, la ratatouille, les mélanges malheureux, les fayots et les lentilles pleines de cailloux. Il veut que le poulet arrive seul sur un plat et les légumes sur un autre, bien rangés. Maniaque ? Non. Raffiné. Ayant besoin d'ordre à table comme dans sa vie.

Il n'a pas cédé d'un pouce à ma demande de m'habiller en Alsacienne pour le défilé du général. J'ai donc été au défilé dans ma fourrure grise, entourée de filles en costume alsacien, assumant à contrecœur une des nombreuses contradictions de mon géniteur.

L'école a rouvert. Française, bien entendu. Sœur Bernadette et sœur Madeleine ont remis leurs habits de religieuses et repris leurs postes sous la direction de sœur Ida qui s'était réfugiée pendant ces années d'exclusion dans sa maison mère. Elles font semblant de ne pas me connaître, sœur Madeleine, surtout, qui m'envoie des regards froids. Auraient-elles honte d'avoir été sauvées par un italien, un *tchingala* comme on nomme péjorativement les émigrés italiens, ou auraient-elles peur de ce climat de violence qui a succédé à la guerre ?

Chacun se méfie de l'autre et le tient pour responsable de ce qui est arrivé. Nazi, fasciste, collabo, salaud sont les attributs qui circulent dans les esprits et parfois à voix haute. La misère aidant, beaucoup se font la guerre. Un jour, un marchand ambulant est entré dans la maison en forçant le barrage d'un ouvrier qui réparait le carrelage du sas d'entrée. Il a ouvert sa valise et étalé sa marchandise sur le bureau de papa. Papa, furieux, l'a attrapé par la peau du cou en lui enjoignant de ramasser sa camelote et de repartir illico presto. Mais l'autre l'a mal pris. Il a tiré un couteau de sa veste et l'a brandi en traitant papa de sale collabo. Je me tenais à quelque distance de là et me suis sauvée dans l'escalier qui monte à l'étage, non sans jeter un œil craintif sur la scène qui se passait en bas. Papa a repoussé l'intrus. L'ouvrier a levé sa pelle et s'est arrêté juste au moment où il allait lui fracasser le crâne.

Alors l'homme sentant la proximité du fer est parti en criant jusque dans la rue *sale collabo.*

Papa, un collabo ? Mais d'abord qu'est-ce que c'est qu'un collabo ? Apparemment, papa ne correspond pas à la définition de ce mot.

Quel profit personnel papa aurait-il pu tirer de sa collaboration avec l'occupant ? Serait-ce d'avoir réussi à nous soustraire à sa fureur en se soumettant extérieurement à sa volonté ? D'avoir gardé ses ouvriers en les envoyant creuser des trous dans la route pour faire obstacle à l'armée française, parce qu'il n'avait pas le choix, ou en les emmenant à Karlsruhe et à Mannheim déblayer les gravats des villes bombardées, ou d'avoir sauvé les sœurs de la déportation et ses ouvriers des travaux forcés par ses multiples ruses ?

Papa a vécu l'occupation en brave et avec intelligence en évitant les sacrifices inutiles. Il a fui les occasions de lever le bras droit pour dire *Heil Hitler*, il n'a pas sympathisé avec les nazis, ni du reste avec les fascistes, leurs alliés, il n'a pensé qu'à défendre sa famille et préserver son entreprise. S'il avait été seul au monde, il se serait peut-être enfui ou caché, comme Paulo en Italie, ou réfugié, comme d'autres, dans le Sud de la France, ou bien il se serait laissé embarquer pour Dieu sait quelle raison dans un de ses trains partant pour une destination inconnue d'où l'on ne revenait plus.

***

À l'école, on nous apprend le français comme on apprend à marcher aux petits enfants. Les maîtresses parlent lentement et avec un fort accent local, mais la plupart des filles ne comprennent pas. Elles étaient trop jeunes avant la guerre et n'ont jamais parlé que leur patois. Aussi, les premiers pas dans la nouvelle langue sont-ils durs et hésitants.

À la maison, grâce à Fräulein Kreiss qui est revenue et que nous appelons désormais Mademoiselle, les progrès sont plus rapides. Mademoiselle Kreiss qui, pendant toutes ces années de guerre, a écorché l'alsacien, ne parle plus que le français qu'elle a soigneusement conservé dans un compartiment de sa mémoire et qu'elle ressort tout beau tout frais. Un jour, elle nous annonce : *Appelez-moi Dulin*. C'était le nom de sa mère. Nous l'appelons donc Mademoiselle Dulin tout en continuant à ignorer son prénom. Grand-mère dit : *Elle n'a pas besoin de prénom, celle-là* affichant ainsi son dédain pour l'usurpatrice du titre de maîtresse de maison. Mais qui, mieux qu'elle, pourrait assumer ce rôle ? Jacques et moi l'appelons Mademoiselle Millepattes, parce qu'elle met les pieds partout.

En effet, Mademoiselle ne s'occupe plus exclusivement de nous. Elle gère le bureau et les affaires de papa. Elle remplace maman. À table, elle a pris sa place et nous surveille avec des yeux de lynx. Papa écoute toujours radio Beromünster qui parle maintenant d'après-guerre, toujours sur le même ton monocorde. Papa est plus silencieux que jamais. Le portrait de maman n'est pas suspendu au salon.

L'ancienne maman est restée à sa place. Maman est dans un médaillon au-dessus du grand lit de la chambre des parents.

Je savais que Rudi reviendrait. Il est effectivement revenu avec un P. G., les initiales des prisonniers de guerre, marqué dans le dos. Ils sont toute une troupe qu'un chauffeur ramasse le matin en GMC au camp des prisonniers de guerre et ramène le soir après le travail. Ils participent à la reconstruction du village.

À midi, ils se réunissent dans la baraque, montée pour eux dans la cour, autour d'une soupe consistante préparée par grand-mère. Celle-ci ne déteste plus les Allemands et si on lui fait la remarque sur son retournement, elle se justifie avec véhémence : *Mais regardez-moi ces pauvres diables ! On leur voit les os. Heureusement qu'ils ont trouvé un patron comme Vito. C'est de la main d'œuvre pas chère pour reconstruire le pays, mais ce sont aussi des hommes qui méritent d'être traités avec humanité.*

Rudi est son préféré. C'est lui qui vient chercher à la cuisine la marmite remplie de soupe fumante et les miches de pain frais qui accompagnent la soupe, car ici il y a de la soupe et du pain et pas seulement du pain ou de la soupe. C'est avec lui qu'elle boit sur le coin de la table le petit café de midi, lui qu'elle écoute et réconforte quand il arrive le visage tuméfié parce qu'il a payé pour un autre qui a réussi à s'évader. Il est le plus jeune du camp et le plus naïf et c'est lui qui prend. Je ne le vois pas souvent à cause de l'école, mais grand-mère, qui l'a adopté comme un autre enfant, me raconte tout.

Rudi, on ne l'oublie pas. Et il est vrai que des années plus tard, quand il sera rentré dans son pays et qu'il nous écrira, avec une note particulière à mon intention, j'irai le voir en voiture avec Mademoiselle Kreiss, pardon, Mademoiselle Dulin, et ma sœur France. Et pendant que les deux femmes s'achèteront de la lingerie à bon prix dans une boutique, j'irai dans sa grande librairie au centre de la ville et trouverai un jeune homme distingué qui me montrera avec fierté les poètes et les grands penseurs qui auront retrouvé leurs places sur les rayonnages. Entretemps, j'aurai appris l'allemand et je pourrai avoir de vraies conversations avec lui. Avec ses quelques années d'avance sur moi qui suis encore une écolière, il fréquentera déjà l'université et rêvera d'être écrivain.

Les Français non plus, nous ne les oublions pas malgré leur brève apparition dans la maison. Mais, après leur départ, aucun n'est revenu. Ils sont tombés à une centaine de mètres de chez nous. Cachou est mort dans son char, avec ses compagnons, à la sortie du village. Un seul s'en est tiré. Bien des mois plus tard, nous avons reçu une lettre de Rabat d'un certain R. dont personne ne se souvenait. Pourtant c'était lui qui avait donné l'ordre aux siens de ne pas tirer quand il a vu papa servant de bouclier à Albrecht. Ainsi, papa a eu le temps de fuir et d'échapper à la tuerie.

Dans sa lettre, R. nous écrit qu'il n'oubliera jamais les quelques jours passés durant cet hiver glacial dans la chaleur d'un foyer. Qu'il se souvenait de chacun de nos visages et surtout de celui de cette extraordinaire grand-mère qui faisait la popote pour tous.

Nous avons lu et relu cette lettre. Et pour un peu, nous aurions trouvé un réel plaisir à évoquer les heures tragiques de la guerre.

La guerre, on ne la regrette pas. Mais peut-être regrette-t-on l'intensité avec laquelle on l'a vécue et c'est là la seule consolation. On regrette surtout l'avant-guerre, comme un malade incurable qui se souvient du temps où il se sentait bien. On ne guérit pas de la guerre. On reste infirme à vie.

Aujourd'hui, je dois avouer, comme un malade qui se croyait incurable, qu'on guérit aussi de cette maladie-là. Il y a des souvenirs indestructibles, des faits incrustés dans la mémoire par la douleur qu'ils ont provoquée, mais avec les années qui passent, on ne les ressent plus de la même façon. Les sentiments, même douloureux, s'estompent avec le temps.

***

Notre maison a perdu son élégance d'antan. Les colonnes sculptées qui soutenaient le balcon au-dessus de l'entrée n'ont pas été remplacées, pas plus que le balcon. C'est maintenant un sas qui mène au vestibule d'où partent les pièces du rez-de-chaussée. Le séjour et le bureau qui lui fait face ont été rallongés par des loggias qui supportent un long balcon de pierre à l'arrière de la maison. L'ensemble est lourd, banal comme l'air du temps. Le sens pratique l'emporte. Papa ne pense plus qu'à s'agrandir. Notre jardin s'est transformé en dépôt auquel s'est adjoint un garage pour les nombreux camions qui sillonnent la région. Le champ de blé a fait place à une vaste scierie. L'entreprise d'Amico est devenue une entreprise générale de construction et ne se contente plus de réparer ou de construire ici et là des villas ou des barrages en montagne. Elle fait surgir de terre des cités entières pour le plus grand nombre et au moindre coût.

Je n'aime pas ma maîtresse, qui m'ignore, ni le curé du village qui me traite de fille de riche. Je ne suis pas à l'aise dans cette école où je n'ai pas d'amies. Les filles m'envient mes tenues, ma façon de m'exprimer dans la langue qu'elles ânonnent, ma belle calligraphie acquise à l'école italienne, tout ce que je fais et tout ce que je suis.

Mais qui suis-je au juste ?

Une année s'est écoulée. C'est à nouveau la neige et le froid. La rue est une aire de jeu. Place aux traîneaux et aux batailles de boules de neige ! Dans les jardins, les bonshommes de neige défient le soleil. On dirait qu'il ne s'est jamais rien passé, que cette matière cotonneuse sur laquelle on joue et glisse en traîneau n'a jamais été le lit des victimes de la guerre. On oublie ou on ignore. Mais moi je suis incapable d'oublier. C'est l'anniversaire de la mort de maman et de la petite sœur tant désirée disparue si tôt. Les images m'assaillent et ravivent ma douleur. Saurais-je jamais faire le deuil de ces morts ?

Je suis la balle attachée au bout d'un élastique et qu'on lance contre un mur. Tantôt aérienne, tantôt écrasée par le choc.

Parfois, je me sens toute légère, c'est quand je pense à maman, à son séjour là-haut où je la rejoindrai un jour. Parfois, j'étouffe sous le poids d'un cœur trop lourd, c'est encore quand je pense à maman que je ne verrai plus, plus jamais de ma vie, à maman absente qui, même occupée comme elle l'était par d'autres que moi, était toujours présente.

C'est alors que, quand c'est l'heure de dormir, le sommeil ne vient pas et que je me dresse sur mon lit en cherchant l'air désespérément. Grand-mère accourt, comme autrefois, avec des tisanes chaudes qu'elle me fait avaler par petites gorgées. Et elle attend que ça passe, assise en silence à mon chevet. Je m'accroche à ce filet d'air péniblement expulsé par mes poumons. Je tire sur cette corde fragile, je pleure et je finis par m'endormir.

À nouveau, personne n'y comprend rien. On m'emmène chez le docteur Werner. Lui non plus ne comprend pas. Je n'ai plus d'amygdales qui obstruent le passage. En principe, je respire bien maintenant. Alors, c'est quoi ? L'air, l'air tout simplement. L'air des mines de potasse qui se trouvent à quelques lieues de chez nous qui ne me convient pas. Il faut changer d'air. L'affaire est vite réglée. Papa a un collègue, ingénieur des ponts et chaussées, qui s'appelle Schuler et qui a une propriété dans un coin vert de la Haute-Marne. C'est tout trouvé. C'est là que je vais aller.

***

Difficile de faire plus petit comme village qu'Autigny-le-Petit, ni plus calme. Cinquante âmes. Une rue, une place avec l'église et la mairie, un portail devant lequel l'autobus, parti de Saint-Dizier, nous dépose, Mademoiselle et moi, après une longue traversée de villages. Des têtes curieuses apparaissent aux fenêtres des maisons voisines et nous regardent tirer la cloche du grand portail en fer forgé de la « villa ». Sans doute ne se passe-t-il jamais rien ici. Nous créons l'évènement. Une grosse femme d'un certain âge, en robe noire à collerette blanche et tablier blanc, vient nous ouvrir et nous conduit, sur notre gauche, vers l'entrée d'un long bâtiment gris et austère. Sur la droite, un jardin bien ordonné fermé par un mur d'espalier s'ouvre, au-delà de la maison, sur un décor enneigé d'allées, de plates-bandes, de bassins et de tonnelles qui mènent jusqu'au pré, et plus loin, jusqu'aux bois.

La maison est froide en cette fin d'hiver. Nous déposons nos valises dans le hall d'entrée et suivons la femme dans un grand salon où la maîtresse de maison, Madame Schuler, assise dans une bergère, se chauffe au feu d'une cheminée monumentale dont les bûches crépitantes lancent des gerbes de flammes qui éclairent d'une lumière folâtre le grand salon vétuste plongé dans l'obscurité. À notre arrivée, elle se tourne lentement vers nous, avec un air de souveraine, et sans se lever, me présente sa joue pour que j'y dépose un baiser. Je retire ma main déjà tendue pour une poignée de main respectueuse et, non sans quelque réticence, effleure sa joue poudrée de mes lèvres. Madame Schuler est une grande femme élégante, aux cheveux grisonnants coupés court, cachant un léger embonpoint dans les plis d'une robe de laine grise, et dont chaque geste et chaque parole sont mesurés. *Juliette,* dit-elle à sa servante après un bref échange de salutations avec Mademoiselle, *conduisez donc Lila à sa chambre et montrez la sienne à Mademoiselle Dulin.*

Nous nous regardons toutes les deux, Mademoiselle et moi, surprises par la sobriété de l'accueil, et reprenons nos valises pour suivre Juliette munie d'une lampe de poche dans le vestibule où l'électricité est également une denrée rare et montons l'escalier de pierre qui mène à l'étage et là, dans un dédale de couloirs et d'embranchements divers, nous nous arrêtons enfin devant la porte de ma chambre.

Je suis partagée entre l'attrait de l'aventure et la peur. *Je ne vais jamais m'y retrouver.* Heureusement, la chambre de Mademoiselle est juste en face de la mienne. *Il y a de l'eau froide dans la salle d'eau,* précise Juliette en montrant une troisième porte qu'elle ne prend pas la peine d'ouvrir. *Pour l'eau chaude, il faudra la chercher à la cuisine.* Économe dans ses gestes comme dans ses paroles, elle est la copie de sa maîtresse. Elle repart en faisant craquer le plancher de ces couloirs interminables et nous laisse médusées devant nos portes respectives.

Je sens un courant de sympathie inattendu passer entre Mademoiselle et moi. Nous sommes toutes les deux logées à la même enseigne. L'accueil poli et froid qu'on nous a réservé nous rapproche. On dirait qu'elle veut me protéger. Elle pousse ma porte et précédées de ma valise qu'elle fait glisser sur le parquet ciré, nous entrons dans ma chambre. Après avoir ouvert en grand les rideaux et la fenêtre pour laisser entrer le restant du jour, elle observe l'endroit d'un œil critique et je vois à ses mimiques qu'elle se demande si l'hôtel est assez bon pour moi. Pourtant, rien ne manque. L'alcôve avec son grand lit à baldaquin, la commode de bois ancien recouverte d'une plaque de marbre blanc, avec sa bassine et son broc à fleurs roses, assortie à l'armoire du même bois, les deux fauteuils, le petit bureau pour faire mes devoirs, c'est plutôt bien, mais elle décrète d'un air blasé : *ça peut aller*. Elle retourne dans le couloir chercher sa propre valise et m'annonce péremptoirement : *Ce soir, je dors avec toi.*

Nous prenons le dîner à la cuisine avec Madame Schuler et une fille de mon âge qui m'est présentée sous le nom de Claudine et dont je comprends d'emblée qu'elle n'est pas de cette femme. Claudine a des boucles brunes et un air revêche, malgré ses fossettes qui à première vue donnent l'impression qu'elle aime rire, mais sans doute aime-t-elle autant rire que pleurer. Madame Schuler nous regarde tour à tour, assises en face d'elle, et semble nous comparer, la brune rebelle et la blonde timide, et je comprends qu'en dépit de son accueil froid, elle m'a déjà adoptée. De mon côté, je n'ai aucune envie qu'elle m'adopte. Je me mets dans la peau de cette fille qui n'est évidemment pas la sienne – une fille adoptive ? – avec qui les rapports ont mal tourné et je me sens gênée.

Après cette entrée en matière plutôt déroutante, nous faisons la révérence à Madame Schuler et montons nous coucher dans ma chambre, dans le grand lit à baldaquin, où je me serais sentie perdue si j'avais été seule. Je sais maintenant que Mademoiselle s'appelle Céline, qu'elle vient d'avoir trente ans et qu'elle peut être une amie autant qu'une gouvernante ou un ersatz de maman. Blottie contre moi sous la couverture, elle me raconte sa vie, son enfance bourgeoise de fille unique d'un père allemand, ingénieur chimiste, et d'une mère française. À la déclaration de la guerre entre les deux pays de ses parents, l'effondrement, le père prenant parti pour le Führer, la mère ne le supportant pas, repartant chez les siens en France, à Pontarlier, plus précisément. Mais pourquoi Céline n'a-t-elle pas voulu suivre sa mère, fuir le conflit, l'occupation et l'inévitable désastre ? Elle aimait autant son père que sa mère, elle est née en Alsace, elle avait ses habitudes, ses souvenirs, ses amis dont beaucoup sont restés. Notamment un certain Freddy, qui était dans la résistance.

— C'est quoi la résistance ? lui demandé-je.

— La résistance est la réponse à l'agression. Ici, il s'agit de guerre, mais partout dans le monde, jusqu'au cœur de la matière, il y a agression et résistance, car sinon comment le monde tiendrait-il ensemble ? Il se détruirait lui-même. La résistance fait partie des lois naturelles. Il en est de même pour la guerre. Si personne ne s'y opposait, que ce soit ouvertement par les armes ou secrètement par les mouvements de résistants, la guerre nous détruirait. N'ayant pas pu prendre les armes, je me suis donc enrôlée dans la résistance en dépit des convictions nazies de mon père qui croyait à la grandeur du nazisme et de son idole et trouvait cette guerre justifiée. Pour écarter les soupçons, j'ai trouvé un emploi chez tes parents, mais ma vraie vie était dans la résistance.

J'écoute Céline comme si la bouche de la vérité avait parlé. Je la regarde avec admiration et envie. Comme j'aurais voulu être à sa place ! Elle lit dans mes pensées et me dit en posant sa main sur la mienne : *Toi, avec ton minois innocent, mais qui en dit long sur tes capacités de rébellion, si tu avais été plus grande, tu en aurais fait autant ou tu aurais rejoint les sœurs de la Croix Rouge ! Tu n'aurais pas accepté. Tu aimes trop la liberté.*

— Comment sais-tu ? Tu ne me connais pas, lui répliqué-je en la tutoyant spontanément. Tu n'as jamais vraiment fait attention à moi.

— Pourtant je suis là aujourd'hui avec toi, me répond-elle, pour ne pas dire que j'étais bête et que je n'avais rien compris. Il y a longtemps que je te regarde, mais je n'étais pas censée m'occuper de toi. Je n'étais pas engagée pour ça.

Consciente de sa maladresse, elle se tourne vers moi et prenant mon visage entre ses mains, m'embrasse sur le front, sur le bout du nez et sur les joues. *Oublions tout ça, veux-tu, n'y pensons plus et donne-moi un baiser.* Je l'embrasse timidement et me retourne pour dormir, mais auparavant je veux savoir. Je veux lui poser une question : *Que fait Freddy maintenant ?* Elle me répond d'une voix blanche : *Freddy est mort. Il a été fusillé.*

Je me rends compte maintenant que je n'ai plus le droit de considérer Mademoiselle, ou plutôt Céline, comme un dragon, qu'elle ne le mérite pas, car derrière son efficacité et sa froideur apparente, elle cache un gros chagrin. Qu'elle aussi a dû trouver le chemin des âmes.

— Tu sais, lui dis-je, en posant ma tête sur son épaule, le soir avant de dormir, je parle à maman. C'est dans le silence que je l'entends le mieux. C'est comme si elle était là. Parfois, il m'arrive de lui parler, même en pleine journée, quand je réussis à faire le silence autour de moi. Maman n'est pas morte et Freddy non plus. Ils vivent là-haut et dans nos cœurs. Tu crois, toi aussi, à la vie éternelle ?

Céline me serre plus fort contre elle et me passe la main dans les cheveux, mais au lieu de me répondre s'amuse à fredonner : *Ami, entends-tu le vol noir des corbeaux sur la plaine ? Ami, entends-tu les cris sourds des enfants du pays qu'on enchaîne ? Ohé ! Partisans, ouvriers et paysans, c'est l'alarme ! Ce soir, l'ennemi connaîtra le prix du sang et des larmes. – Freddy était un brave. Il reste toujours dans mon cœur... Dors maintenant, ma poulette.* Plus tard, alors que je suis sur le point de m'endormir, je l'entends murmurer : *Et rassure-toi, j'y crois, moi aussi.*

Le lendemain, au passage du car, en fin d'après-midi, Céline est repartie. En me quittant, elle m'a promis de m'écrire, insistant pour que j'en fasse autant. Et elle m'a assuré : *Tu verras, les deux mois seront vite passés et tu nous reviendras en pleine forme.*

***

Céline avait raison. Mes crises d'asthme ont rapidement disparu. Pourtant, ce n'était pas le paradis dans cette vieille demeure triste, vestige, selon sa propriétaire, d'un château fort du Moyen-âge. Cependant, la tristesse qui y régnait n'était pas seulement liée à l'atmosphère dégagée par les murs, mais à l'ambiance créée par les deux protagonistes, la mère et la fille, qui se battaient régulièrement en duel.

La lutte a généralement lieu au cours du dîner. Un rien déclenche les hostilités. Une réflexion impertinente, une grimace, pas envie de manger, on n'aime pas cette soupe, on mord ostensiblement dans le pain, et voilà que le sang monte à la tête de Madame qui prend sa respiration, se lève, repousse bruyamment sa chaise et saisit la malheureuse par la peau du cou comme un lapin. Traînant sa proie, elle se dirige vers le buffet, lève le bras, attrape le martinet, baisse fébrilement la culotte de sa victime et lui cingle les fesses nues.

Je ne supporte pas les cris, les *non, maman* – comment peut-elle encore l'appeler maman ? – les *s'il vous plaît, arrêtez*, les *sale peste, je vais te montrer* – montrer quoi ? – Il n'y a rien à montrer. Madame Schuler est hors d'elle. Elle a perdu toute sa morgue et sa dignité. Claudine est pantelante et c'est ainsi qu'elle est expédiée, comme un objet de rebut dans le cagibi dont la porte est rapidement refermée à clé. Suit un moment de silence, pendant lequel Madame Schuler vient reprendre sa place à table, puis des grattements à la porte comme ceux d'un chien abandonné.

Pendant ces scènes atroces qui me mettent profondément mal à l'aise, je rentre ma tête dans les épaules, je me bouche les oreilles et impuissante contre les éléments en furie, j'attends que le calme revienne. De retour à table, celle qui aimerait que je l'appelle « maman » me susurre : *Au moins toi, tu n'es pas comme ça.* J'ai horreur de ce compliment. J'aimerais être à mille lieues de cet endroit. Je n'ai même pas envie de prendre Claudine en pitié ou en sympathie. On dirait qu'elle adore être maltraitée. Qu'elle n'attend que ça, que ces scènes de violence provoquées lui sont devenues pain quotidien.

J'en parle à Céline dans mes lettres. Je lui raconte tout. Je m'affirme et constate que le malheur des autres me fait oublier le mien ! Je me sens favorisée et parfois la légèreté que j'ai longtemps ressentie en pensant à maman transfigurée en un être céleste prend la forme d'un goût nouveau pour la vie.

J'écris, non plus en italien comme à Lorenzo autrefois, mais dans ma nouvelle langue que je perfectionne, non sans peine, à l'école où nous nous rendons tous les matins, ma co-pensionnaire et moi, et qui a bien du mérite de s'appeler école car, toutes classes confondues, elle ne compte pas plus de quatorze élèves, réunis dans la même petite salle sous la tutelle de la même maîtresse.

Assise au milieu des petits, je fais les additions et les soustractions des grands et me voyant rapide à lever le doigt à ses questions, la maîtresse me place au fond et m'impose les dictées des derniers rangs. Et là, c'est la bérézina. Je n'en mène pas large avec mes vingt fautes par page, car je ne connais pas la moitié des mots qu'elle dicte. J'écris en phonétique, c'est toujours mieux que rien. En nous rendant nos copies, la maîtresse brandit la mienne comme un trophée : *Plus de vingt fautes ! Mais Lila qu'est-ce que ça veut dire ? Tu écris n'importe quoi.* Je ne veux pas lui avouer que ces mots écrits à ma façon, je ne les ai jamais vus ni entendus, car tout le monde poufferait de rire. Je prends ma feuille et baisse les yeux. Et je rentre chez Madame Schuler en sanglotant.

Et voilà qu'elle devient maternelle, ma Madame Schuler. Elle a trouvé une perche pour m'avoir. *Je te ferai faire des dictées tous les soirs, si tu veux et tu verras. Tu seras la meilleure de la classe. Rira bien qui rira le dernier.* De fait, non seulement, elle me dicte tous les soirs, syllabe après syllabe et en appuyant bien sur chaque voyelle, chaque consonne ou semi-consonne, des extraits de Sans famille, d'Ivanhoé, des Lettres de mon moulin, du Retour d'Ulysse, mais elle m'en lit des pages et des pages jusqu'à ce que mes yeux se ferment. Elle a une source inépuisable de dictées dans sa bibliothèque.

Je la sens qui s'insinue dans mon cœur. Elle cherche à me conquérir, à m'adopter comme l'autre fille qui a fait son temps, qu'elle n'aime plus, dont elle aimerait bien se débarrasser, la retourner à l'expéditeur. Elle m'a demandé de l'appeler *maman*. Mais ça, jamais. Jamais je ne l'appellerai maman. Du coup, je ne l'appelle plus. Je tourne autour du sujet avec des *vous* qui ont l'air un peu distants et mal élevés, mais tant pis. Personne ne pourra remplacer maman.

Je vois rarement Monsieur Schuler et lorsqu'il vient passer une fin de semaine à la maison, j'ai l'impression d'être la proie d'un couple en mal d'enfant. À son arrivée, les fenêtres et les portes de toutes les pièces de la vieille demeure s'ouvrent. Nous prenons nos repas dans la salle à manger, nous nous promenons dans le jardin enneigé jusqu'à la mare aux canards et plus loin jusqu'aux bois.

Nous profitons de la voiture pour visiter l'écluse, voir les cousins de Madame à Autigny-le-Grand, faire des courses à Saint-Dizier. Monsieur Schuler est un homme d'un certain âge, chauve et moustachu, toujours vêtu d'un complet gris et à qui je trouve un air froidement autoritaire. Que fait-il en dehors des ponts et chaussées ? Il m'impressionne et lorsqu'il me demande à table : *Comment ça va en classe ?* Ou me fait un compliment sur ma bonne mine, je rougis jusqu'aux oreilles.

Les deux mois sont passés. Et comme j'ai une mine resplendissante de petite campagnarde, il n'y a plus de raison qu'on prolonge mon séjour chez les Schuler. Ceux-ci profiteront des fêtes de Pâques pour me ramener à la maison dans leur traction avant noire. Une véritable expédition. Le coffre est bourré à craquer de valises, de boîtes à chapeau, de petits et de grands sacs en cuir véritable de Monsieur et

170

de Madame. Claudine ne part pas. Elle restera avec la servante. Là où ils vont, dès qu'ils m'auront déposée chez moi, elle n'est pas admise. Mais où vont-ils et d'où leur viennent tous ces moyens ? Mystère. Je ne le saurai pas.

Monsieur Schuler continuera pendant quelque temps à fréquenter la maison. Quant à Madame Schuler, je ne l'ai jamais revue. J'ai barré d'un trait noir le souvenir de cette demeure cossue, plantée dans le décor sobre d'un petit village de France. Je suis rentrée chez moi avec un bagage de mots nouveaux, un parfait accent français, un caractère mieux trempé et l'impression d'avoir découvert, comme ces fleurs modestes – perce-neige, crocus, pâquerettes – qui, sous la dernière neige, annoncent le printemps, un nouveau sens à ma vie.

V
On construit aussi avec la boue

***

Le retour à l'école du village est décevant. Moi qui croyais qu'on allait me dérouler le tapis rouge pour mes « zéro faute » en dictée et mon français de France, je suis bonne pour une belle surprise. La maîtresse me regarde avec hostilité et les filles me font la tête. Elles n'apprécient pas mon accent de « l'intérieur », ni ma nouvelle assurance. Elles croient que je les snobe et se dépêchent de me le faire savoir. Contre moi se forme une ligue qui passe aussitôt à l'action.

Pendant que je suis dehors, dans la cour de récréation, avec le petit groupe des neutres, le coup se prépare. Quand je rentre, je vois des paires d'yeux braqués sur moi et des rires cachés derrière les mains. Les ligueuses m'ont jeté des cailloux sur mon ardoise. Elles veulent voir ma tête et se régalent d'avance du spectacle. Mais je fais semblant de n'avoir rien vu et passe discrètement ma main sur l'ardoise. Au retour à la maison, je déclare à Céline que je ne mettrai plus jamais les pieds dans cette école.

Pourtant, l'année scolaire ne vient que de commencer. Mais comment faire ? Devant mon obstination et craignant que papa n'aille faire de l'esclandre auprès de ma maîtresse, Céline se met en devoir de me trouver une nouvelle école, aidée de mon oncle, l'abbé. C'est ainsi qu'en ce début d'année, elle me conduit, en uniforme bleu marine, avec ma petite valise, au pensionnat des sœurs de L'Assomption.

La pension est installée dans un vieux couvent, préservé des outrages du temps et de la guerre. La partie-école est un bâtiment plus récent accolé au cloître, l'ensemble formant un fer à cheval autour d'une magnifique roseraie. D'un côté, ce sont les grandes baies vitrées de nos salles de classe, de l'autre les petites fenêtres et les points d'accès secrets au mystère du couvent. Je suis d'emblée conquise par la propreté du lieu, l'odeur de bois ciré, le grand escalier de pierre qui monte au dortoir et le petit escalier étroit qui mène à la clôture, derrière une vitre de séparation.

Mère Alice, la directrice des études, visage ingrat, démarche de canard, robe violette descendant jusqu'aux pieds, avec une croix de tissu blanc cousue sur la poitrine et un gros cordon serrant la taille, cheveux cachés par un voile vaporeux d'une blancheur immaculée, nous reçoit au parloir, moi en uniforme bleu marine et gants blancs, Céline en tailleur gris. Céline s'est vite mise au diapason du langage châtié de la directrice et lui fait des présentations circonstanciées. Quant à moi, intimidée, je passe un examen d'entrée. Pour la forme, juste pour voir, je suppose, comment je réponds. Apparemment, ce qui compte dans la maison, c'est la façon de parler plutôt que le savoir.

L'examen passé, la directrice ouvre son livre d'inscriptions et me choisit un numéro que je vais devoir écrire ou coudre sur toutes mes affaires. C'est le numéro 1. Je me sens flattée par ce choix, sans doute dû au pur hasard, le numéro un s'étant providentiellement libéré, mais pour moi, c'est un honneur, un signe de distinction. Je souris à la directrice qui, du coup, ne m'intimide plus et je me répète tout bas : Je suis le numéro 1. Ce numéro 1 qui efface tout, mes vieilles frustrations, le manque d'attention de maman dont j'étais pourtant l'aînée, l'indifférence d'autrui, le besoin d'arriver première en fin de course, d'être unique et irremplaçable, l'expérience de la promiscuité. Ce n° 1 je l'ai choyé pendant toute ma scolarité. Je suis en classe de philo maintenant et je porte toujours le même numéro qui ne se libérera qu'à mon départ.

Un numéro, c'est comme un nom. Il arrive qu'on m'appelle numéro 1 parce que j'ai laissé traîner ma veste ou mon tablier, et je réponds avec fierté : *C'est moi.* Qu'en serait-il si j'avais le numéro 99 ou le numéro 136 ? Je ne répondrais sans doute pas de la même façon.

176

J'ai tiré le bon numéro et c'est avec lui que j'entame ma nouvelle existence.

J'avais cru qu'on gardait à vie les séquelles de la guerre, mais j'ai dû me tromper. Ma nouvelle vie a délité ma vie antérieure et chassé les mauvais souvenirs. La guerre, c'est fini. À l'extérieur, on ne voit plus rien. Je suis comme les autres. Je joue au ballon, je chante à la récréation, je m'applique en classe. J'attire les compliments. On me chouchoute. On me cite en exemple. Mon image est impeccable.

Pourtant, tout cela n'est qu'apparence, car au fond de moi gisent les souvenirs qui me remplissent parfois de secrètes angoisses. Surprises, mystères, fins à tout va, fin d'une école spéciale, fin des jeux d'enfants dans un jardin somptueux, fin des vacances heureuses, fin de tout, mort, mort sans gloire d'êtres chers, mort de soldats inconnus dans la neige, bruits, bruits de chaînes sur la route, ronflement des bombardiers dans le ciel, bruits sourds des tirs dans la nuit, hurlement des sirènes, silence des abris, souvenirs indélébiles qui ne me quittent pas, qui se sont incrustés dans ma mémoire jusqu'à ce que je les ai remontés à la surface dans mes cahiers bleus. Alors cette vieille boue de souvenirs qui a tapissé le fond de mon cœur est devenue une source d'inspiration, un matériau pour construire un monde nouveau, libéré du passé, plus riche et plus beau, où la nature retrouvera ses couleurs et le silence régnera en souverain sur les nuits étoilées.

On peut donc aussi construire avec la boue. En l'exposant à la lumière du jour et en séparant le bon du mauvais, jeter la base d'une nouvelle vie. J'ai tordu le cou aux mauvais souvenirs, je les ai rangés dans les tiroirs de l'Histoire et n'ai retenu que les bons. De ma course en solitaire durant ces temps difficiles, il me reste tout compte fait des bribes de moments heureux, d'amour partagé et de solidarité ainsi que des traces d'efforts constants pour chercher l'harmonie dans le désordre régnant. Avec l'oubli du passé, j'ai appris à cultiver la beauté, répondre au silence par la parole, aux bruits par le silence, aux contradictions par la vérité crue. Finis les surprises, les mystères et les contraires, le bonheur à l'école allié à la peur des sirènes. Finis les nuits d'angoisse et les cauchemars, la vie confinée dans le noir. C'est le retour des rêves sans larmes, de la vie au grand jour.

Les temps durs sont révolus. Je profite de chaque instant que Dieu fait. Je refuse le banal et le terre à terre. Je peins à l'envi des paysages imaginaires assortis de brillantes couleurs pour faire fi de la tristesse de ce monde. Je couvre de mots le papier blanc pour me raconter et quand les mots ne suffisent pas, je fais de la musique de mes dix doigts pour agrandir mon espace et jouer avec les sons plus éloquents que les mots. Je vis le présent comme un cadeau du ciel pour combler les vides laissés par le passé.

Petit à petit, j'ai réussi à débarrasser mon âme des stigmates de la guerre. Les vieilles souffrances ne sont plus que de pâles souvenirs. Mais je ne supporte toujours pas le hurlement de la sirène, même pour annoncer le début d'un mois nouveau, ni le ronflement des avions dans les actualités, ni les coups de fusil des chasseurs en automne dans les bois. Je n'aime pas non plus les photos de guerre, voir des familles en fuite, des enfants marchant sur les ruines, les maisons éventrées, car si chez nous, la guerre est finie, ailleurs elle continue encore et toujours jusqu'à ce que les grands de ce monde aient compris l'importance de la paix.

Voilà un an que j'écris dans mes cahiers bleus. Je referme le couvercle de mon pupitre sur mon œuvre. J'ai rempli mon devoir de mémoire en racontant ma petite histoire incluse dans la Grande Histoire de la Seconde Guerre mondiale. J'ai ajouté ma voix aux cris qui s'élèvent encore contre les abominations de cette guerre en un récit décalé, triste et gai de mon enfance comme une fantaisie en mode mineur.

Coda

Maman est partie dans un nuage de poussière avec ses mots d'amour prisonniers dans sa bouche. Après les avatars racontés dans mes cahiers bleus, j'ai fermé les yeux et je l'ai retrouvée radieuse dans l'infini blanc des âmes où l'amour se passe de mots.

Nous avons vécu ensemble les temps troubles de la guerre, soudées l'une à l'autre par une entente silencieuse dépourvue de gestes de tendresse et de mots d'amour, mais qui a été pour moi une raison de vivre autant qu'une source d'angoisse jusqu'au jour où, par un malheureux hasard dû à la guerre, la mort l'a emportée, me laissant brusquement orpheline.

C'est alors qu'après avoir pleuré toutes les larmes de mon corps sur mon immense chagrin, j'ai connu une joie inattendue, celle de retrouver l'âme qui l'avait accompagnée sur terre et poursuivait son chemin dans le silence absolu de l'au-delà, vers une éternité de bonheur et de pouvoir lui parler tout mon saoul. Quand maman était encore parmi nous, je n'ai pas pu trouver les mots pour accéder à son cœur et lui exprimer mon amour, alors qu'elle-même avait jalousement gardé les siens en son for intérieur. Maintenant qu'elle n'était plus de ce monde, les mots affluaient, montaient vers elle et revenaient en murmures légers comme des ailes. Un échange sublime s'est instauré, nourri par ma passion des mots, portiers de l'invisible qui savent transcender la matière pour conduire à l'essentiel : l'âme qui vit en chacun de nous, qui sent, vibre et se dépense en pulsions de vie, en vibrations, en tremblements et en messages secrets d'amour.

Les mots, ces précieux éléments du langage capables d'ouvrir l'âme humaine aux relations d'amour, comme celle qui lie une mère à son enfant, et d'adresser à l'âme du monde, avec l'ode à la paix universelle, un appel solennel à l'amour fraternel entre tous les peuples, je suis allée les puiser à la source, dans leurs pays d'origine, portée par une foi inébranlable en leur pouvoir.

J'ai parcouru l'Europe, appris beaucoup de langues, lu beaucoup de livres, amassé des quantités de mots. Je les ai soignés, listés, répertoriés et alignés comme des bataillons pour qu'ils deviennent mes soutiens et ma force. J'ai appris à écouter et parler simultanément. Je suis devenue interprète. J'ai fréquenté les grands de ce monde et animé leurs discours. Mais j'ai vite compris que ces acrobaties verbales ne me mèneraient jamais à mon but : entrer dans les profondeurs du langage pour établir une véritable communication entre les hommes. J'ai donc cherché ma voie ailleurs.

Profitant de l'occasion qu'un poste d'instructor en langue et littérature françaises se libérait à la Columbia, la fameuse université de New York, j'ai présenté ma candidature et dès qu'elle fut acceptée, j'ai quitté le vieux monde et pris le premier bateau pour le nouveau. Dans ma malle blindée, j'ai empilé ma collection de disques Archives dont je ne pouvais me séparer, mon Zeiss Ikon, mes auteurs préférés, Dante, Montale, Camus, Malraux, Henri Michaux, Shakespeare en version bilingue, Schopenhauer, Goethe, Rilke, Heine, Victor Hugo, Baudelaire, Rimbaud, une garde-robe complète cousue par ma sarta d'Italie, comme si, aux USA, on ne s'habillait pas, ma mascotte, un chien noir et blanc en peluche, plus vrai que nature, qui m'avait accompagnée dans mes pérégrinations européennes et mes cahiers bleus auxquels je n'avais plus l'intention de toucher. Histoire terminée, me suis-je dit. Besoin d'oubli. D'oublier aussi l'initiateur de cette aventure…

J'avais à peine posé un pied sur le sol américain que Roy est entré dans ma vie. Roy, un magicien au dire de ma roommate Nehama, à cause de sa barbe rousse et de son esprit farceur, étudiait la philosophie et les poètes italiens à la Columbia. La tête dans les étoiles, la démarche élastique dans ses desertboots, il a croisé ma route sur une plage de sable fin de Long Island. J'étais occupée à ramasser des coquillages, vêtue d'un bikini rayé bleu et blanc. Le soleil tapait fort sur ma peau de blonde et je commençais à virer sérieusement au rouge quand j'ai vu sa haute silhouette apparaître devant moi. *Ce soleil est mauvais pour toi,* m'a-t-il dit. *Laisse-moi faire.* Avec nos serviettes et des bâtons, il a construit une tente et nous nous sommes aimés comme des sauvages du nouveau monde.

Nous avons échangé nos consentements devant Maître Panettiere et nos deux témoins, amis de fac. Sur la margelle de la fontaine de Central Park, nous avons fêté nos noces avec des sandwichs et des cannettes de coca, puis nous avons pris le soleil sur la pelouse. Je portais un jean jaune canari et un chemisier blanc, Roy un jean bleu et un T-shirt blanc comme tous ces jeunes étalés autour de nous. Ce fut un jour lumineux.

Je n'ai plus donné signe de vie au Père de Lavillé. La vie me comblait. J'ai vécu un bonheur sans faille jusqu'à ce que l'ancienne blessure se rouvrît à cause d'un évènement qui aurait dû n'être que du bonheur : la naissance de Kate. C'était au début du mois de mai et d'un printemps ensoleillé. Je rentrais de l'hôpital avec ma fille, tout imprégnée encore de ce sentiment de libération qui suit l'accouchement et donne aux couleurs un nouvel éclat. Assise sur le lit, j'allaitais mon enfant quand le passé a déboulé avec une violence incroyable. La guerre. Les hommes en gris par qui tout a commencé. La cave exposée au vent et à la neige. Autour de moi, je ne voyais que du flou et je criais : Maman, je veux voir maman.

La digue s'est rompue, l'illusion du bonheur enfin trouvé s'est dissipée et j'éclatais en sanglots.

— Que se passe-t-il ? me demanda Roy quand il me trouva pleurant comme une Madeleine sur l'enfant qui tétait.

— Pourquoi pleures-tu ?

— Pour rien, lui ai-je répondu entre deux sanglots.

— On ne pleure pas pour rien. Dis-moi pourquoi tu pleures. S'il te plaît. Dis-moi.

Il avait l'air tellement désolé que je lui ai tout raconté, tout révélé du drame décrit dans mes cahiers bleus restés inachevés. Non, l'histoire n'était pas terminée malgré mes rencontres dans l'éther avec l'âme de maman. La fin pendait en l'air. Le deuil de ma mère de chair n'était pas fait.

Je parlais et Roy écoutait. Et c'est ainsi qu'avec la parole et l'écoute, avec l'amour partagé, avec le temps et l'éloignement et cet évènement unique qu'est la maternité, devenue maman à mon tour, je fis le deuil de ma propre maman et de la petite sœur tant désirée qui n'a vécu qu'un moment.

Un instant de nostalgie vint donner le branle à la suite de l'histoire. Je voulus associer à ma victoire sur le passé celui qui m'avait incitée à écrire. J'envoyai un mot au Père de Lavillé pour lui demander de baptiser mon premier enfant. La réponse vint rapidement. Toujours, la même émotion à la vue de cette écriture cassée sur l'enveloppe portant mon nom et du message bref qu'elle contenait… *C'est avec grand plaisir que je viendrai baptiser votre enfant. Envoyez-moi un mot pour me dire où vous serez.* À Paris, pourquoi pas ? Ma capitale nous faisait signe avec ses nombreux attraits. Nous avons donc quitté New-York et la vie américaine pour retourner dans le vieux monde.

Kate reçut l'eau du baptême à Notre-Dame de Paris, de la main du Père de Lavillé pendant que, par un merveilleux hasard, une chorale américaine enchaînait les Alléluia du Messie de Händel.

Toute ma famille de France et d'Italie était réunie autour de nous en ce jour de fête dans notre appartement rue du Cloître Notre-Dame, un vrai labyrinthe avec son dédale de couloirs et ses pièces disposées à la diable, résonnant régulièrement, vingt-quatre heures sur vingt-quatre, du son des cloches de la cathédrale et que nous avions transformé pour l'occasion en un véritable sanctuaire avec des brassées de roses roses.

Au beau milieu de la fête, le Père a disparu. Intriguée, j'ai fait le tour de l'appartement et l'ai trouvé dans notre chambre à coucher, penché sur le berceau de Kate. Il n'a pas bougé. Il avait le regard rivé sur elle. Quand je fus tout près de lui, il s'est enfin retourné et m'a déclaré avec un petit sourire malicieux : *Elle sera belle, presque aussi belle que vous.* Après cette gentille boutade, il devint brusquement sérieux et d'une voix étranglée, il murmura : *J'aimerais vous serrer dans mes bras, juste une fois, une seule fois.*

Je n'osai refuser. Je répondis à son désir.

— Vous m'avez tellement manqué ces dernières années, émit-il dans un souffle, le visage enfoui dans ma chevelure. Je m'inquiétais beaucoup pour vous. Aujourd'hui, je suis rassuré. Je vous vois heureuse et je m'en réjouis. En même temps, je suis triste à l'idée de vous perdre. Vous n'avez plus besoin de moi. Vous êtes entre de bonnes mains.

— L'ange blessé, vous vous souvenez, mon Père ? La fêlure que vous aviez devinée dans la fille en apparence heureuse qui jouait du Beethoven ? lui dis-je. L'ange blessé, c'est fini. J'en ai fait un livre. Et c'est à vous que je le dois.

Alors, il resserra son étreinte. Je sentis les battements accélérés de son cœur. Il luttait contre le désir de me retenir, alors que j'étais déjà loin de la nostalgie du passé, du chemin parcouru avec lui à la chasse aux souvenirs et à la recherche des mots pour les recueillir.

On écrit toujours pour quelqu'un. J'ai écrit pour lui à cause de sa foi en moi et de son ardeur. Mais j'ai aussi écrit pour moi, pour m'y retrouver dans la forêt d'évènements inextricables qui ont marqué mes années de guerre et pour maman, pour que les mots lui redonnent vie.

Avec lui et grâce à lui, j'ai trouvé la sortie. L'aventure était terminée. Mes anciennes vies aussi, avec toutes les langues qui les avaient marquées. Avec l'américain que je partageais alors avec Roy, j'avais entamé une nouvelle existence et voulu reléguer mes vieilles langues dans l'armoire à souvenirs. Mais elles se sont récriées à l'unisson devant pareille ineptie. Elles m'avaient formée. Elles m'avaient imprégnée de leur musique. Elles faisaient partie de moi. Je ne pouvais les abandonner, même si mon quotidien n'avait plus besoin d'elles, car il était rempli d'un élément nouveau : l'amour, l'amour de Roy qui, à lui seul, les valait toutes. Mais elles n'en démordaient pas. Elles se déchaînaient. Elles hurlaient : *Au secours ! Ne nous abandonne ! Nous voulons vivre.* - *Calmez-vous,* ai-je fini par leur dire, *bientôt j'aurai à nouveau besoin de vous. L'avenir vous donnera une nouvelle chance.*

J'étais riche à la fois du passé, du présent et d'un futur tout tracé. Transposer la parole écrite comme on transpose les notes d'une musique. Traduire le sens des mots noyés dans la brume d'un texte comme on traduit les sentiments incrustés dans les relations humaines. Tel sera le rôle que j'assignerai à ces langues qui s'agitaient au fond de moi et à d'autres, moins familières, qui viendront s'y ajouter pour satisfaire mon rêve de parler toutes les langues et communiquer avec le monde entier. Alors, mon rêve fou d'enfant privée de mots d'amour maternel se réalisera et le monde s'ouvrira pour compenser ce manque. Et l'enfant grandira et deviendra citoyenne du monde !

Gagné par ma passion des mots, Roy mit, lui aussi, ses talents au service de ce métier de l'ombre qui abolit les frontières et ouvre la voie à une plus vaste communication.

J'aurais dû être en extase devant ces magnifiques perspectives, dans une atmosphère sublimée par ma force de voir grand, de faire du rien un tout ordonné, reconstitué avec les débris de mon cœur brisé. Mais hélas ! Une pensée saugrenue traversa mon esprit et vint y semer le trouble. J'observais le Père et, notant sur lui les signes de l'âge – des rides, une certaine lenteur dans la parole et les gestes –, je réalisais que le temps passait au galop, que des années s'étaient écoulées depuis notre première rencontre au pensionnat et que je le voyais peut-être pour la dernière fois. Moi qui avais vu la mort de près pendant mon enfance, je ne pouvais me faire à l'idée que la mort pût le toucher lui aussi, et je fus à mon tour envahie de tristesse. Je ne pouvais admettre qu'il reparte avec le sentiment que c'était la fin, imaginer qu'il retourne dans sa vie sans moi. Je voulus l'empêcher de partir. *Restez encore et prenez le temps de lire*, le suppliai-je en tournant les yeux vers l'étagère où étaient rangés mes cahiers couverts d'écriture. Et lui, desserrant son étreinte : *Non, ne bougez pas. Cette œuvre est votre bien. Gardez-la précieusement pour vous ou faites en profiter les autres. Je n'y suis pour rien. Je n'ai été qu'un instrument de Dieu pour vous conduire jusqu'au bout d'un long chemin et j'ai accompli ma mission. Vous avez trouvé l'issue. C'est ça qui compte.*

Sur ces mots, l'homme de Dieu en qui je n'avais jamais voulu voir un homme doté de sentiments et de désirs humains, se dématérialisa et ne fut bientôt plus qu'une voix à peine audible qui chuchota à mes oreilles : *Adieu, ma chère enfant. À Dieu.*

Imprimé en Allemagne
Achevé d'imprimer en octobre 2022
Dépôt légal : octobre 2022

Pour

Le Lys Bleu Éditions
40, rue du Louvre
75001 Paris